KB070980

한여름 밤의 꿈

한여름 밤의 꿈

A Midsummer Night's Dream

윌리엄 셰익스피어 희곡 박우수 옮김

A MIDSUMMER NIGHT'S DREAM
by WILLIAM SHAKESPEARE (1595)

이 책은 실로 꿰매어 제본하는 정통적인 사철 방식으로 만들어졌습니다.
사철 방식으로 제본된 책은 오랫동안 보관해도 손상되지 않습니다.

등장인물

시시어스 아테네의 공작

이지어스 허미아의 아버지

라이샌더 허미아의 연인

디미트리어스 이지어스가 승인한 허미아의 구혼자

필러스트레이트 시시어스의 축제 감독관

피터 퀸스 목수, 막간극의 서두

닉 보텀 직조공, 막간극의 피라모스

프랜시스 플루트 풀무 수선공, 막간극의 티스베

톰 스나우트 땜장이, 막간극의 벽

스너그 가구장이, 막간극의 사자

로빈 스타블링 재단사, 막간극의 달빛

히폴리타 아마존의 여왕, 시시어스의 약혼녀

허미아 이지어스의 딸, 라이샌더의 연인

헬레나 디미트리어스를 사랑하는 처녀

오버론 요정들의 왕

티타니아 요정들의 여왕

퍽(로빈 굿펠로) 오버론을 섬기는 요정

콩꽃
거미줄 요정들
나방
겨자씨

오버론과 티타니아를 시중드는 다른 요정들

시시어스와 히폴리타의 시종들 다수

제1막

제1장

(아테네. 시시어스의 궁전)

시시어스, 히폴리타, 필러스트레이트, 기타 인물들 등장.

시시어스 자, 아름다운 히폴리타, 우리의 결혼식 시간이
　다가오고 있소. 행복한 나흘이 지나면
　새 달이 뜰 것이오. 그렇지만 이 옛 달은 참
　더디도 기우는구려! 젊은이의 유산을
　한없이 축내는 의붓어미나 상속 과부처럼
　저 옛 달은 내 욕망을 더디게 하고 있소.
히폴리타 나흘 낮은 곧장 밤으로 기울게 될 것이고
　나흘 밤은 꿈처럼 시간을 곧장 밀어낼 것입니다.
　그러면 은빛 활처럼 하늘에 새롭게 솟은
　초승달이 우리의 엄숙한 결혼식을
　지켜보게 될 것입니다.

시시어스　　　　　　　자, 필러스트레이트, 가서
아테네의 젊은이들을 유흥 잔치로 내몰고
쾌활하고 민첩한 흥취를 일깨워 주오.
우울은 장례식에나 보내 버리시오,
창백한 녀석은 짐의 잔치와 어울리지 않으니.

　　　　　　　　　　　　　(필러스트레이트 퇴장)

히폴리타, 나는 그대에게 칼로 구혼했고
그대에게 상처를 입히고서 그대의 사랑을 얻었소.
그렇지만 구경거리와 축제와 잔치로
새 기분에서 그대와 결혼식을 올리겠소.

이지어스와 그의 딸 허미아, 라이샌더, 디미트리어스 등장.

이지어스　　훌륭하신 공작님, 만수무강하소서.
시시어스　　고맙소, 이지어스. 무슨 소식이라도 있소?
이지어스　　제 딸아이 허미아에 대한 간청이 있어
심란한 기분에서 공작님을 뵈러 왔습니다.
디미트리어스, 앞으로 나서라. 공작님,
저는 이 친구에게 제 딸과 결혼하도록 허락했습니다.
라이샌더, 앞으로 나서라. 그런데 존경하는 공작님,
이자가 제 딸아이의 가슴을 홀려 버린 것입니다.
라이샌더, 네가 진정 내 딸에게 시구를 건네주고
사랑의 징표를 서로 나눠 가졌겠다.
너는 달빛 아래 그 애의 창가에서

꾸민 목소리로 꾸민 사랑의 시구들을 노래했고,
네 머리카락으로 땋은 팔찌, 반지, 장신구, 기묘한 물건들,
잡동사니, 소품들, 묵주, 과자 등 몰랑한 어린애에게
쉽게 먹힐 전령들로 딸아이의 머릿속을 네 모습으로
은밀하게 각인시켜 놓았어.
너는 술수로 내 딸의 마음을 훔쳤고
(내가 받아 마땅한) 그녀의 효심을
고집불통으로 만들어 놓았지. 그러니 자비로우신 공작님,
딸아이가 디미트리어스와 결혼하겠다고
공작님 앞에서 승낙하지 않는다면,
아테네의 오랜 전통인 특권을 저는 요구하는 바입니다.
딸아이는 제 소유이니, 제 처분을 따르게 허락해 주소서.
이런 경우 단도직입적으로 명시되어 있는
아테네의 법에 따라 딸아이는 디미트리어스에게 가든지
아니면 죽음을 당하게 될 것입니다.

시시어스 허미아, 너의 답은 무엇이냐? 잘 들어 봐라.
너에게 부친은 너를 아름답게 낳아 준
신과 같은 존재이니라. 그렇고말고, 부친에게 너는
그가 밀랍에 새겨 놓은 형상에 불과한 존재이니
그 형상을 보존하거나 아니면 지워 버릴 권한이
그 아비에게 있는 것이다.
디미트리어스는 훌륭한 청년이다.

허미아 라이샌더 역시 그렇습니다.

시시어스 그만 놓고 보면 그렇지.

그러나 이 경우는 너의 아버지의 승낙이 없으니
디미트리어스가 더 훌륭한 사람으로 간주되어야 한다.

허미아 아버지가 제 눈으로 봐주시기만을 바랄 뿐입니다.

시시어스 아니, 너의 눈이 아버지의 판단력으로 바라봐야만
한다.

허미아 공작님께 용서를 청합니다.
무슨 힘으로 제가 이렇게 대담해졌는지 모르겠고,
이곳 공작님의 면전에서 제 생각을 변호하는 것이
얼마나 주제 넘는 일인지 모르겠습니다만,
제가 만약 디미트리어스와 결혼하기를 거절한다면
이 경우 제게 닥칠 최악의 사태가 무엇인지
제게 알려 주시기를 공작님께 간청드립니다.

시시어스 죽든지, 아니면 영원히 사람들과의
친교를 저버리는 것이다.
그러니, 아름다운 허미아, 너의 욕망을 헤아려 보고
너의 청춘을 생각하고 너의 격정을 심사숙고해서,
아버지의 뜻에 복종하지 않는다면
네가 수녀 복장을 견딜 수 있을 것인지,
영원히 어두운 골방에 갇혀 있을 수 있을 것인지,
평생 동안 불임의 수녀로 살면서
차갑고 정숙한 달님에게 희미한 찬송이나 부를 것인지를
생각해라.
처녀 신의 여사제가 되기 위해
자신들의 격정을 지배하는 사람들도 더없이 복된 자들이다.

그러나 손 타지 않은 가지에서 시들고,

홀로 오롯이 자라나서 살다가 죽는 장미보다

향수로 정제된 장미가 더 지상의 축복을 누리는 법이다.

허미아 제 영혼이 속박되기를 원치 않는 그런 낭군에게

처녀성을 넘겨주고 종속되기보다는

차라리 그렇게 홀로 자라고, 그렇게 홀로 살다가,

그렇게 홀로 죽겠습니다, 공작님.

시시어스 시간을 갖고 생각해 보아라. 내 여인과 내가

영원한 배필이 되기로 약속한

혼인날, 다음번 새 달이 뜰 때

그날에 아버지의 뜻을 저버린 대가로

죽을 준비를 하든지,

아니면 그가 원하는 대로 디미트리어스와 결혼을 하든지,

그것도 아니면 처녀의 수호신 디아나의 제단에서

금욕적인 독신의 삶을 공표하든지 해라.

디미트리어스 상냥한 허미아, 마음을 돌리시오. 라이샌더,

당신의 허튼 권리를 적법한 나에게 양도하시오.

라이샌더 디미트리어스, 당신은 그녀의 부친의 사랑을 받으니

그와 결혼하고, 나는 허미아의 사랑을 누리게 해주시오.

이지어스 빈정대는 라이샌더, 맞다. 그는 내 사랑을 받고 있고,

나의 사랑으로 내 소유를 차지하게 될 것이다.

딸아이는 내 것이니, 그녀에 대한 나의 모든 소유권을

나는 디미트리어스에게 양도하겠다.

라이샌더 공작님, 저도 그자만큼 가문이 좋고

부자입니다. 그러나 사랑하는 마음은 그보다 더합니다.
저의 재산은 어느 모로 보나 디미트리어스와
(낮지는 않을지 모르지만) 충분히 겨룰 만합니다.
그리고 (이 모든 자랑보다 더욱 값진 것은)
제가 아름다운 허미아의 사랑을 받고 있다는 사실입니다.
그렇다면 제가 저의 권리를 행사 못할 이유가 있겠습니까?
그의 얼굴에 대고 맹세하지만 디미트리어스는
네다의 딸 헬레나에게 사랑을 고백했고
그녀의 영혼을 얻었습니다. (상냥한 여인인) 그녀는
이 믿을 수 없고 변덕스러운 인간에게
흠뻑 반해서 그를 우상처럼 섬기고 있습니다.

시시어스 나도 그렇다고 이미 들었기에
그 점에 관해서 디미트리어스와 이야기할 생각이었네.
그러나 개인사로 너무나 바빠서
그 일을 깜박했군. 그러니 자, 디미트리어스,
그리고 이지어스, 그대들 두 사람은 나와 함께 갑시다.
두 사람에게 개인적으로 충고할 얘기가 있소.
아름다운 허미아, 너는 너의 생각을
아버지의 뜻에 맞출 준비를 하여라.
안 그러면 아테네의 법률이
(이것은 짐도 경감시킬 수가 없다)
너를 죽음으로 내몰거나 독신의 맹세를 요구할 것이다.
자, 히폴리타, 갑시다. 여보, 왜 이리 침울해 있소?
디미트리어스와 이지어스도 따라오시오.

짐의 결혼식을 대비해서 그대들에게 시킬 일이 있고

그대들과 직접 관련되는 일에 관해서 두 사람과

얘기를 좀 나눠야겠소.

이지어스 기꺼이 따라가겠습니다.

(라이샌더와 허미아만 남고 모두 퇴장)

라이샌더 내 사랑, 기분이 어때요? 왜 이리 뺨이 창백하오?

어떻게 그곳의 장밋빛 홍조가 그렇게 빨리 사라질 수 있소?

허미아 아마도 비를 못 맞아서겠죠. 내 눈의 폭풍우로

그 비를 그곳에 뿌려 줄 수 있을 거예요.

라이샌더 맙소사! 내가 지금껏 책에서 읽었거나

이야기로 전해 들은 바에 따르면,

진정한 사랑의 길은 결코 평탄하지가 않고

타고난 신분이 다르거나 —

허미아 아, 고난이여! 낮은 신분에 얽매이기엔 신분이 너무

높거나.

라이샌더 아니면 나이 차이가 너무 많이 나거나 —

허미아 아, 기구하구나! 젊은이와 결합하기엔 나이가 너무

많거나.

라이샌더 아니면 부모 친척의 선택에 달렸거나 —

허미아 오, 맙소사! 연인을 다른 사람의 눈으로 선택하다니.

라이샌더 아니면 선택에 있어 마음이 맞았다 해도

전쟁, 죽음, 혹은 질병이 이 사랑을 붙잡아서

소리처럼 덧없는 것으로 만들어 버리거나,

그림자처럼 빠르게, 토막 꿈처럼 짧게,

칠흑 같은 밤에 천지를 섬광 속에 들춰낸 뒤
누군가가 〈저기 봐!〉 하고 말하기도 전에
어둠의 아가리가 삼켜 버리는 번개처럼
찰나에 그치게 만들어 버린다오.
이처럼 빛나는 것들은 재빠르게 파멸에 이르는 법이오.

허미아　그처럼 진실한 연인들의 사랑이 항상 엇나갔다면
그건 운명의 명령 같은 것이겠군요.
그렇다면 우리들의 시련에서 인내를 배우도록 해요.
사랑에는 으레 뒤따르는 상념과 꿈과 한숨과
소망과 눈물과 같은 불쌍한 사랑의 시종들과 마찬가지로
의당 있게 마련인 시련이니까요.

라이샌더　맞는 말이오. 그러니 허미아, 내 말을 들어 보시오.
내게 상당한 재산을 물려받은 과부 아주머니가
한 분 있는데, 그분에겐 자식이 없소.
그녀는 아테네에서 7리그[1]쯤 떨어진 곳에 살고 있고
나를 자기 친자식처럼 여기고 있다오.
고귀한 허미아, 그곳에서 나는 당신과 결혼할 생각이오.
그곳까진 날카로운 아테네의 법률도
우리를 쫓아오지 못할 것이오. 나를 사랑한다면
내일 저녁 당신 아버지 집을 몰래 빠져나오시오.
도심 밖 1리그 정도 떨어져 있는 숲속에서
(언젠가 5월제를 치르기 위해 내가

---

1 거리의 옛 단위. 1리그는 약 4킬로미터에 해당한다. 이하 모든 주는 옮긴이의 주이다.

헬레나와 함께 당신을 만났던 그곳 말이오)

내가 당신을 기다리겠소.

허미아　　　　　　　　　　나의 착한 라이샌더,

큐피드의 더없이 튼튼한 활과

황금 촉을 입힌 그의 최고의 화살과

진실한 비너스의 비둘기들과

영혼을 결합해서 사랑을 자라게 하는 그 새와

거짓된 트로이인[2]이 배로 도망할 때

카르타고의 여왕을 불태웠던 그 장작불과

(여자들의 입으로 다 말할 수 없을 정도로 많은)

남자들이 지금껏 저버린 그 사랑의 맹세를 다 걸고,

맹세코 당신이 지목한 바로 그곳에서

내일 틀림없이 당신을 만나겠어요.

라이샌더　약속을 지키시오, 내 사랑. 저기 봐요, 헬레나가 이
　　곳으로 오고 있소.

헬레나 등장.

허미아　아름다운 헬레나, 안녕. 어딜 가고 있는 중이야?

---

2 그리스 로마 신화에 등장하는 트로이의 영웅이자 로마 건국 시조인 아
이네이아스를 가리킨다. 아이네이아스가 트로이 유민들을 이끌고 카르타고
에 표착한 후, 카르타고의 여왕 디도는 비너스의 농간으로 아이네이아스의
아들로 둔갑한 큐피드의 황금 화살을 맞고 아이네이아스와 사랑에 빠진다.
그러나 그가 로마 건국을 위해 그녀를 버리고 카르타고를 떠나자 실의에 빠
져 불길 속에 몸을 던진다.

헬레나   방금 〈아름답다〉고 했니? 그 말 취소해.
     디미트리어스는 너의 아름다움을 사랑하고 있어. 아, 좋겠다!
     너의 두 눈은 북극성이고, 네 혀의 달콤한 가락은
     밀 잎이 푸르게 자라고 산사나무 꽃들이 피기 시작할 때
     목동의 귀에 들리는 종달새 노래보다 더 감미롭지.
     병은 옮는 법. 아, 안색도 그렇다면,
     아름다운 허미아, 발길을 돌리기 전에 너의 안색을 내가
       가져가련만.
     내 귀는 너의 목소리를 닮고, 내 눈은 너의 눈을 닮고,
     내 혀는 네 혀의 달콤한 곡조를 닮으련만.
     온 세상이 내 것이라면, 디미트리어스만 제외하고
     나머지 모두를 너에게 주어 변화시켜 놓으련만.
     아, 어떤 모습과 어떤 기술로 너는 디미트리어스의 뛰는
       심장을 사로잡았는지 나에게 가르쳐 주렴.

허미아   그에게 인상을 써봐도 그는 항상 나를 사랑하는걸.

헬레나   아, 나의 미소가 너의 인상이 갖고 있는 그 기술을
     배울 수만 있다면!

허미아   그에게 저주를 퍼부어도 그는 여전히 나를 사랑하는걸.

헬레나   아, 나의 기도가 그런 사랑을 가져올 수 있다면!

허미아   미워하면 할수록 그는 더욱더 나를 따라다니지.

헬레나   내가 사랑하면 할수록 그는 더욱더 나를 증오하지.

허미아   헬레나, 그의 멍청함은 내 잘못이 아니야.

헬레나   너의 미모 잘못이지. 그 잘못이 내 것이면 얼마나 좋
     겠어!

허미아 걱정 마. 그가 이제 내 얼굴을 볼 일은 없을 테니까.

라이샌더와 나는 여기서 도망칠 거야.

내가 라이샌더를 만나기 전까진

아테네는 내게 낙원처럼 보였지.

아, 그렇다면 내 연인에게 무슨 힘이 숨어 있어

그가 천국을 지옥으로 바꿔 놓았단 말인가!

라이샌더 헬렌, 당신에게 우리 비밀을 털어놓겠소.

내일 저녁 달님이 그 은빛 얼굴을

거울 같은 수면 위에 비추고,

진주 물방울로 칼날 같은 풀잎을 적실 때

(연인들의 도피를 항상 숨겨 주는 바로 그때)

우린 아테네의 성문을 빠져나갈 계획이오.

허미아 그리고 너와 내가 창백한 앵초 꽃밭에 누워서

가슴속 달콤한 이야기들을 서로 털어놓곤 했던

바로 그 숲속에서

내 사랑 라이샌더와 내가 만나서

아테네로부터 우리의 눈을 돌리고

새롭고 낯선 동무들을 찾아 나설 거야.

잘 있어, 친구. 우리를 위해 기도해 줘.

행운이 너에게 너의 디미트리어스를 가져다주길 바랄게.

라이샌더, 약속을 지키세요. 내일 저녁 한밤중까지는

보지 못하니 사랑의 양식 없이 금식해야만 해요.

라이샌더 약속을 지키겠소, 허미아.   (허미아 퇴장)

헬레나, 잘 있어요.

당신이 그에게 반한 것처럼, 디미트리어스도 당신에게 반
하게 되길.   (라이샌더 퇴장)

헬레나 다른 사람들은 어쩌면 저렇게 행복할 수 있을까!
온 아테네에 걸쳐 나도 그녀만큼 예쁘다고들 하건만.
그러나 다 무슨 소용이람? 디미트리어스의 생각은 다르니.
자신만 빼고 다 아는 사실을 그는 알려고도 하지 않으니.
허미아의 눈에 홀딱 반해서 그가 잘못 가고 있는 만큼,
그의 장점에 감탄하고 있는 나 역시 마찬가지지.
볼품없고 무가치한 천하고 쓸모없는 것들을
사랑은 근사한 모습으로 바꿔 놓을 수 있지.
사랑은 눈이 아니라 마음으로 보는 법.
그러니 날개 달린 큐피드가 맹인으로 그려져 있지.
사랑의 마음은 분별의 맛을 모르는 법.
날개만 있고 눈이 없다는 건 그 부주의한 성급함을 상징하지.
그러니 사랑을 어린아이라고 하겠지,
선택에 있어 너무나 빈번하게 속아 넘어가니까.
장난치는 아이들이 장난삼아 맹세를 저버리듯이
어린 큐피드 역시 도처에서 위증을 범하지.
디미트리어스가 허미아의 눈을 보기 전에는
나만 사랑한다는 맹세를 우박처럼 퍼부었으니까.
이 우박이 허미아로부터 열기를 느끼자
곧 녹아 버렸고, 퍼붓던 맹세도 물이 되어 버렸지.
가서 그에게 허미아의 도피를 알려야겠어.
그러면 그가 내일 저녁 숲으로 그녀를

쫓아가겠지. 이 일을 알려 준 대가로

내가 고맙다는 인사를 받게 된다면 애쓴 보람이 있을 거야.

그러나 이로 인해 내 고통은 더욱 커지겠지,

그곳으로 따라간 그를 다시 데려와야 하니까.　　　(퇴장)

제2장
(아테네 도심의 공터)

목수 퀸스, 가구장이 스너그, 직조공 보텀, 풀무 수선공 플루트,
땜장이 스나우트, 재단사 스타블링 등장.

퀸스 다들 모였소?

보텀 대본에 따라서 한 사람씩 싸잡아[3] 호명하는 것이 좋을
　　　것이오.

퀸스 공작과 공작 부인의 결혼식 전날 밤 그들 앞에서 공연
　　　할 우리의 막간극 배역에 적합하다고 생각되는 사람들
　　　의 명단이 여기 있소. 아테네 전역에서 뽑은 사람들이오.

보텀 피터 퀸스 양반, 우선 극의 내용을 말해 주고 나서 배
　　　우 이름을 호명하고 그다음에 본론으로 들어가시오.

퀸스 알았소, 우리 극은 「피라모스와 티스베의 더없이 슬픈

---

　　3 보텀은 유식한 어투를 흉내 내어 정반대의 뜻을 가진 단어들을 자주 사
용한다. 여기에서는 〈각각 *individually*〉이란 말을 〈싸잡아 *generally*〉라고 잘
못 말한 것이다.

희극과 가장 잔인한 죽음」이오.

보텀 장담하건대, 매우 훌륭하고 유쾌한 작품일 것이오. 그 러면, 피터 퀸스 양반, 배우 명단을 호명해 주시오. 여보 게들, 다들 물러서게나.

퀸스 부르면 대답하시오. 직조공 닉 보텀.

보텀 여기 있소. 내 역할을 말해 주고 계속하시오.

퀸스 당신 닉 보텀은 피라모스 역이 배정되었소.

보텀 피라모스가 누구요? 연인이오 아니면 폭군이오?

퀸스 사랑 때문에 더없이 용감하게 자결하는 연인이오.

보텀 그거 제대로 연기하면 눈물깨나 자아내겠군. 내가 그 역을 할 판이니 관객들은 눈을 조심해야겠는걸. 나는 폭 풍을 일으킬 거고, 약간은 구슬프게 말할 거요. 나머지 사람들을 호명하시오. 그렇지만 내 기질은 폭군에 맞지. 고래고래 소리치고 모든 것을 갈기갈기 찢어 놓는 에라 클레스[4] 역을 나는 근사하게 할 수 있지.

> 포효하는 바위들과
> 떨리는 충격으로
> 감옥 문의 열쇠가
> 부서져 버리고,
> 태양신의 마차는
> 멀리서부터 번쩍이며
> 어리석은 운명의 여신들을
> 쥐락펴락할 것이다.

4 헤라클레스를 잘못 발음한 것이다.

이건 대단했어. 자, 이제 나머지 배우들을 호명하시오. 이것은 에라클레스의 말투, 폭군의 말투요. 연인은 좀 더 한탄조지.

퀸스 풀무 수선공 프랜시스 플루트.

플루트 여기 있소, 피터 퀸스.

퀸스 플루트 당신은 티스베 역을 맡으시오.

플루트 티스베가 누구요? 방랑 기사인가요?

퀸스 피라모스가 사랑하는 여인이오.

플루트 그건 안 될 말이오. 여자 역할은 사양하겠소. 나도 수염이 자라는 남자요.

퀸스 그건 상관없소. 가면을 쓰고 공연할 것이고, 원하는 만큼 가느다란 목소리로 말해도 좋소.

보텀 얼굴을 가려도 된다면 내가 티스베 역도 하게 해주시오. 끔찍하게 작은 목소리로 이렇게 얘기하겠소. 〈티스네, 티스네!〉〈아, 피라모스, 내 사랑, 그대의 사랑하는 티스베, 사랑하는 여인이랍니다!〉

퀸스 아니, 아니오. 당신은 피라모스 역할을 하고 플루트 당신이 티스베 역을 해야 하오.

보텀 좋소, 계속하시오.

퀸스 재단사 로빈 스타블링.

스타블링 여기 있소, 피터 퀸스.

퀸스 로빈 스타블링, 당신은 티스베의 어머니 역할이오. 땜장이 톰 스나우트.

스나우트 여기요, 피터 퀸스.

퀸스 당신은 피라모스의 아버지 역이오. 나는 티스베의 아버지 역이고. 가구장이 스너그, 당신은 사자 역이오. 이제 배역이 다 되었소.

스너그 사자 역의 대사를 가지고 있소? 그렇다면 제발 내게 건네주시오. 나는 외우는 일에 더디니까.

퀸스 으르렁거리는 게 전부니까 즉흥 연기를 하면 되오.

보텀 사자 역할도 내가 하겠소. 누구나 내 으르렁 소리를 듣고 만족할 수 있도록 포효하겠소. 공작께서 〈그자에게 한 번 더 으르렁거리라고 해라. 한 번 더 하도록 해〉라고 말할 수 있게끔 으르렁거릴 작정이오.

퀸스 당신이 그 역을 너무 무섭게 하면 공작 부인과 귀부인들이 놀라서 괴성을 지를 것이오. 그렇게 되면 우리들은 모두 교수형감이 될 거요.

일동 암요, 우리 모두가요.

보텀 우리가 부인들을 놀라게 해서 혼비백산케 만들면 그들이 몰지각하게 우리 모두를 교수형에 처할 것이라는 점엔 나도 여러분들과 동감이오. 하지만 나는 젖먹이 비둘기처럼 조용히 으르렁거리도록 내 목소리를 악화시킬[5] 생각이오. 꾀꼬리처럼 으르렁대겠소.

퀸스 당신은 피라모스 역할만 할 수 있소. 피라모스는 상냥한 얼굴을 가진 사람이고, 여름날 볼 수 있는 미남이고, 더없이 사랑스러운 신사 양반이오. 그러니 당신은 피라모스 역을 해야만 하오.

---

5 〈완화시킬*moderate*〉이란 말을 〈악화시킬*aggravate*〉로 잘못 말한 것이다.

보텀 좋소, 그 역을 맡겠소. 무슨 턱수염을 달고 그 역을 하면 가장 좋겠소?

퀸스 당신 좋을 대로.

보텀 밀짚 색깔 턱수염을 달고 하든지 노란 오렌지색 턱수염을 달고 하든지, 주황색 물을 들인 턱수염을 달고 하든지, 아니면 샛노란 프랑스 금화색 턱수염을 달고 하든지 하겠소.

퀸스 프랑스 금화에는 털이 없으니 그렇다면 맨 얼굴로 하게 될 게요. 여러분들, 여기 여러분들의 대본이 있소. 제발 간곡히 부탁하고 간청하고 원하는 바이니 내일 저녁까지는 대본을 다 암기하기 바라오. 달이 뜨면 도심 밖 1마일 떨어진 궁정 숲속에서 만납시다. 그곳에서 연습을 할 것이오. 도심에서 만나면 사람들이 몰려들어 따라다닐 것이고, 우리의 계획이 알려지게 될 테니까. 그동안에 나는 우리 연극에 필요한 소품 목록을 작성하겠소. 내일 약속 잊지 마시오.

보텀 다들 만나서 그곳에서 가장 음탕하고 대담하게 연습합시다. 한 자도 틀림 없이 외우도록 수고들 하시오. 잘들 가시오.

퀸스 공작의 참나무 아래에서 만납시다.

보텀 됐소. 약속을 지키시오, 안 그러면 꽂을대 부러질 줄 아시오.　　　　　　　　　　　　　　　　(함께 퇴장)

제2막

제1장

(아테네 근처 숲속)

한쪽 문으로 요정, 다른 쪽 문으로 퍽(로빈 굿펠로) 등장.

퍽 요정아, 어디를 그렇게 쏘다니는 거니?

요정 언덕 너머, 계곡 너머

수풀을 가로질러, 가시덤불 가로질러

공원 너머, 담장 너머

물속으로, 불속으로

달님보다 더 빠르게

어디든 간다네.

요정 여왕의 시중을 들어

푸른 풀밭에 둥글게 이슬을 뿌려 준다네.

키 큰 앵초는 그녀의 호위병들.

그들의 황금 문장에 보이는 표식은

요정의 선물인 루비.

알알이 그들의 향취가 숨 쉬고 있다네.

나는 이곳에서 이슬을 찾아내서

모든 앵초 귓바퀴에다 진주를 달아 줘야 해요.

촌뜨기 요정님, 안녕히 계세요, 나는 그만 가봐야겠어요.

우리 여왕님과 그녀의 시종들이 곧 이곳으로 온답니다.

퍽 왕께서도 이곳에서 오늘 저녁 잔치를 열 것이다.

여왕이 그의 눈에 띄지 않도록 조심시켜라.

인도 왕에게서 훔쳐 낸 미소년을

여왕이 시동으로 데리고 있어서

오버론 왕은 몹시도 거칠고 화가 나 있으니까.

여왕은 그렇게 사랑스러운 업둥이를 가진 적이 없었지.

질투에 찬 오버론 왕은 그 아이를 자신의

시종 기사로 두고 거친 숲속을 쏘다니게 하려 하지만,

여왕이 그 사랑스러운 아이를 억지로 붙들어 두고

머리에 화관을 씌우고 온통 자신의 노리개로 삼고 있지.

그래서 그들이 숲속이나 풀밭에서,

맑은 냇가나 흩뿌린 반짝이는 별빛 속에서 만났다 하면

서로 다투니 요정들은 무서워서

도토리 깍지 속으로 기어 들어가 그곳에 숨어 버리지.

요정 내가 당신 모습과 생김새를 완전히 잘못 보지 않았다면

당신은 짓궂은 망나니 요정,

로빈 굿펠로가 틀림없군요. 당신은 시골 마을의 처녀들을

놀라게 하고, 우유 크림을 훔치고, 때론 맷돌질을 훼방 놓아

헐떡이는 아낙네의 버터 만드는 수고를 헛것으로 만들고,
때로는 맥주 거품을 없애 버리고,
밤길 가는 사람들을 엉뚱한 데로 인도해서 그들의
곤경을 비웃는 바로 그자가 아닌가요?
당신을 〈도깨비〉나 〈상냥한 퍽〉이라고 부르는 이들에겐
그들의 일을 대신 해주고 행운을 가져다주지요.
바로 그자가 당신 아닌가요?

퍽   네 말이 맞아.
나는 즐거운 밤의 방랑자,
오버론 왕에게 농담을 하고, 암망아지의 모습을 하고서는
히힝 하고 울어서, 잘 먹어 살찐 말을 속여 넘겨
왕을 웃게 만들지.
때로 나는 삶은 야생 사과의 모습을 하고
할망구의 술잔 속에 숨어 있다가
그녀가 잔을 들이키면 입술을 툭 쳐서
그녀의 늘어진 목덜미에 맥주를 쏟게 만들지.
심각한 이야기를 하는 더없이 똑똑한 노파도
가끔은 나를 세발 의자로 착각하지.
그러면 나는 그녀의 엉덩이에서 빠져나오고, 그녀는 바닥
   에 거꾸러져서
〈어이쿠, 엉덩이야〉라고 외치고는 기침을 해대기 시작하지.
그러면 모두 함께 배꼽을 잡고 웃어 대며
한층 흥이 나서 재채기를 하고 최고로 즐거운 시간을
보냈다고 장담하지.

자, 오버론 왕이 오시니 비켜라, 요정아.

요정   내 여왕님도 오시네. 왕이 가버렸으면 좋으련만!

시종들을 거느리고 요정들의 왕인 오버론 한쪽 문으로 등장.
티타니아 여왕이 자신의 시종들을 거느리고 다른 문으로 등장.

오버론   거만한 티타니아, 달빛 가운데서 잘못 만났군.

티타니아   아니, 질투에 찬 오버론이로군. 요정들아, 물러가자.
나는 결코 왕과 동침하지도, 동석하지도 않으련다.

오버론   고집 센 여자 같으니. 잠깐만, 나는 당신의 낭군이 아
니오?

티타니아   그렇다면 나는 당신 부인이 틀림없겠군요. 하지만
당신이 몰래 요정 나라에서 빠져나가
목동 코린의 모습을 하고서 온종일 앉아
보리피리를 불어 대며, 요염한 필리다에게
사랑을 읊조리던 때를 나는 알고 있지요. 당신이
저 먼 인도의 끝자락에서 이곳에 온 이유도
정녕 그 힘이 넘치는 아마존 여인,
장화를 신은 당신의 정부이자 여전사 애인이
시시어스와 혼인을 치르기로 되어 있어, 그들의 신방에
기쁨과 번영을 가져다주기 위함이 아닌가요?

오버론   티타니아, 내가 시시어스에 대한 당신의 사랑을 알
고 있는 마당에
히폴리타에 대한 나의 신의를 부끄러운 줄도 모르고

이렇게 비판할 수 있단 말이오?

그가 겁탈한 페리구네에게서 그를 떼어 놓아

별빛이 반짝이는 온 밤을 쏘다니게 하고,

아름다운 아이글레스와 아리아드네와 안티오파와의 서약을

저버리게 한 것도 당신 아니었소?[6]

티타니아   그런 얘기들은 질투심이 만들어 낸 거짓이에요.

한여름이 시작된 이후로

언덕이나 계곡이나 숲이나 초원이나

자갈 깔린 샘이나 물풀 우거진 시냇가나

해안가 자갈밭에서 만나

속삭이는 바람 소리에 맞춰 원무를 출 때면

어김없이 당신은 싸움을 걸어와 우리의 흥을 깨버렸지요.

그래서 속절없이 우리에게 노래하던 바람은

마치 복수나 하듯이 바다에서 해로운 해무를

빨아들였다가 육지에 쏟아 놓아 하찮은 강들을

너무나 거만하게 만들었고, 그 결과

온통 제방들이 넘쳤지요.

황소는 그래서 부질없이 목덜미 힘만 썼고,

농부는 수고의 보람을 잃었고, 푸른 농작물은

청춘의 수염이 나기도 전에 썩어 버렸지요.

홍수 진 벌판에 축사는 비어 있고,

전염병으로 죽은 양 떼로 까마귀들은 살이 불어났죠.

6 이곳에서 언급되고 있는 여성들은 한결같이 플루타르코스의 『테세우스
(=시시어스) 전기』에 나오는 인물들로, 시시어스의 여성 편력을 나타낸다.

공기놀이하던 초지는 진흙으로 뒤덮였고,
화려한 초원의 정교한 경주로는
밟는 발길이 없어 분간이 불가능하게 되었어요.
인간들은 이곳에서 겨울철을 잃었지요.
이제는 밤에 찬송가나 축가를 부르지도 않죠.
우리의 다툼 때문에 조수를 다스리는 달님도
화가 난 창백한 얼굴로 대기를 온통 습기로 가득 채워
콧물감기와 관절염이 번졌죠.
자연의 무질서로 인해 계절들이
뒤죽박죽이에요. 흰머리 서리가
붉은 장미의 싱싱한 잎에 내리고,
늙은 겨울의 엷게 얼음 언 정수리에
달콤한 여름 꽃망울들이 만들어 낸 향기로운 화관이
마치 조롱이라도 하듯이 놓였지요. 봄, 여름,
풍성한 가을, 화난 겨울이 늘 입던 옷을
바꿔 입었어요. 놀란 세상은
계절의 산물로는 이제 뭐가 뭔지 분간을 못하지요.
이 모든 악의 자식들이
우리의 싸움, 우리의 불화 때문이죠.
우리들이 그것들의 부모이자 근원이에요.

오버론 그렇다면 당신이 그걸 고치시오, 당신 책임이니.
무슨 이유로 티타니아가 남편 오버론을 거스른단 말이오?
나는 단지 그 업둥이 꼬마를
내 시동으로 달라는 것뿐이오.

티타니아   꿈도 꾸지 말아요.

온 요정 나라를 다 주어도 그 아이를 내게서 사갈 수 없어요.

그의 어미는 나를 섬기기로 맹세한 여사제였고,

밤에 향긋한 인도의 대기 속에서

자주 내 옆에서 말동무가 되어 주었고,

바다의 노란 모래밭에 나와 같이 앉아서

바다에 떠 있는 무역선들을 바라보았죠.

돛들이 요염하게 유혹하는 바람을 잉태해서

배가 크게 부풀어 오르는 모습을 보고 같이 웃었지요.

그녀는 아름답고 매끄러운 발걸음으로 그것을 따라다니며

(그녀의 자궁은 그때 내 젊은 종자를 잉태하고 있었죠)

흉내 냈고, 나에게 소소한 것들을 가져다주려고

땅을 가로지르다, 마치 항해에서 돌아오듯이

상품을 가득 싣고 돌아오곤 했죠.

그러나 그녀는 인간인지라 그 아이를 낳다 죽었고

그녀를 위해서 내가 그녀의 아이를 기르고 있죠.

그러니 난 그녀를 위해 그 아이와 떨어지지 않을 작정이에요.

오버론 얼마나 오랫동안 이 숲에 머무를 작정이오?

티타니아 아마 시시어스의 결혼식 다음 날까지요.

만약 당신이 조용히 우리와 원무를 추고

우리의 월광 축제를 구경할 생각이 있다면, 함께 가죠.

그게 아니면 나를 피하세요, 나도 당신 눈에 띄지 않겠어요.

오버론 나에게 그 소년을 넘기시오, 그러면 같이 가겠소.

티타니아 당신의 요정 왕국을 다 준다 해도 안 돼요. 요정들아, 가자!
더 지체했다간, 곧장 싸우게 되겠구나.

　　　　　　　　　　　　　(티타니아와 그녀의 시종들 퇴장)

오버론　그래, 가시오. 이 숲을 벗어나지 못해
이 모욕의 대가를 받을 것이오.
나의 착한 퍽, 이리 오너라. 내가 전에 벼랑 끝에 앉아서
돌고래 등을 탄 인어가 너무나 달콤하고
감미로운 목소리로 노래하는 것을 들었는데,
그녀가 자신의 그 노래로 거친 바다를 잠재웠고,
그 바다 처녀의 노래를 듣기 위해
몇몇 별들이 미친 듯이 궤도를 벗어났던 일을
너는 기억하느냐?

퍽　　　　　　　　　기억하고 있습니다.

오버론　바로 그때 (너는 볼 수 없었지만) 차가운 달과 지구
사이를 완전 무장을 한 큐피드가 날아가는 모습을
나는 보았다. 서쪽 나라의 아름다운 처녀 여왕을
그는 확실하게 겨냥해서
마치 만인의 가슴을 뚫을 듯이
사랑의 황금 화살을 활시위에서 당겼다.
그러나 내가 보니 젊은 큐피드의 불타는 화살은
물기를 먹은 달님의 순결한 달빛 속에서 식어 버렸고,
위엄 가득한 그 처녀 여왕은 상사병에 걸리지 않고
처녀의 순결한 명상에 잠겨 계속 걸어갔다.
그렇지만 나는 큐피드의 화살이 떨어진 곳을 보았지.

화살은 작은 서쪽 꽃 위에 떨어졌는데,

전엔 하얀 우윳빛이던 그 꽃이 이젠 사랑의 상처로 붉어졌다.

처녀들은 그것을 팬지꽃이라 부른단다.

전에 한 번 네게 보여 준 적이 있던 그 꽃을 내게 가져오너라.

그 꽃의 즙을 잠자는 눈꺼풀에 바르면

남녀를 불문하고 마주 보는 바로 옆 생명체를

미친 듯이 사랑하게 된단다.

이 꽃을 내게 가져오너라. 고래가 1리그를 헤엄치기 전에

이곳으로 다시 곧장 오너라.

퍽   40분 안에

지구 한 바퀴 돌고 오겠습니다.   (퇴장)

오버론   일단 이 즙을 손에 넣게 되면

티타니아가 잠들 때를 지켜보았다가

그녀의 눈에다 이것을 한 방울 떨어뜨려 놓아야지.

그녀가 깨어나서 보게 되는 바로 옆의 것이

사자든 곰이든 늑대든 황소든,

참견하는 원숭이든, 흉내 내는 꼬리 없는 원숭이든 간에

사족을 못 쓰고 쫓아다니게 될 것이야.

그러면 내가 그녀의 눈에서 이 마력을 벗겨 주기 전에

(나는 다른 약초로 이것을 처리할 수 있으니)

나에게 자신의 시동을 넘겨주게 할 것이다.

그런데 누가 이곳으로 오는 거지? 나는 눈에 보이지 않으니

저들의 이야기를 엿들어야겠다.

디미트리어스 등장. 헬레나 뒤따라 등장.

디미트리어스 나는 당신을 사랑하지 않으니 쫓아오지 마시오.

라이샌더와 아름다운 허미아는 어디 있소?

그자를 살해해야겠소, 그녀가 나를 살해하고 있으니.

당신 말로는 그들이 이 숲으로 도망쳐 왔다고 했는데,

이곳에서 나의 허미아를 만날 수 없으니

나는 이 숲속에서 미쳐 버릴 지경이오.

이곳에서 가버리고, 더 이상 나를 따라오지 마시오!

헬레나 그대 무정한 자석이여, 그대가 나를 끌어당기는걸요!

그러나 그대가 당기는 건 그냥 쇠붙이가 아녜요. 내 가슴은

강철같이 진실하니까. 그대의 자력을 버리시면

나도 그대를 따라다닐 힘을 잃게 될 거예요.

디미트리어스 내가 당신을 유혹한다고? 내가 당신에게 점잖

게 말하지 않았소?

당신을 사랑하지도 않고, 사랑할 수도 없다고

내가 분명하게 말하지 않았소?

헬레나 바로 그 때문에 나는 당신을 더욱더 사랑해요.

나는 당신의 개예요. 디미트리어스,

당신이 때릴수록 나는 더욱 당신에게 아양을 떨지요.

나를 단지 당신의 개로 취급해 주세요. 발로 차고, 때리고,

무시하고, 버려도 좋아요. 그렇지만, 내 비록 볼품없지만,

당신을 따라다니는 것만은 허락해 주세요.

당신에게 개 취급을 받는 것보다

(그래도 내게는 감지덕지니까)

당신의 사랑에서 내가 어떻게 더 나쁜 자리를 구걸할 수 있
　　겠어요?

디미트리어스　나의 증오심을 지나치게 시험하지 마시오.

당신 얼굴을 쳐다보면 역겨우니까.

헬레나　나는 당신 얼굴을 못 보면 아픈걸요.

디미트리어스　도시를 떠나 당신을 사랑하지도 않는

사람의 손에 몸을 내맡기고,

어두운 밤과

한적한 곳이 주는 나쁜 마음에

당신의 값비싼 처녀성을 의탁하다니,

당신은 지나치게 당신의 정숙함을 위험에 빠뜨리고 있소.

헬레나　당신의 훌륭한 자질이 나를 지켜 주는걸요. 당신의

얼굴을 바라보면, 더 이상 이곳이 어둡지 않답니다.

그러니 나는 지금이 밤이라고 생각하지 않아요.

이 숲에 사람이 없는 것도 아니죠,

내게는 당신이 온 세상이니까요.

온 세상이 이곳에서 나를 쳐다보고 있으니,

어떻게 내가 혼자라고 말할 수 있겠어요?

디미트리어스　당신에게서 도망쳐 덤불 속에 숨어 버리겠소,

당신은 야수들에게 잡혀 먹든지 말든지.

헬레나　야만인도 당신처럼 마음이 모질지는 않을 거예요.

갈 테면 가세요. 옛이야기를 다시 써야 할 판이군요.

아폴로는 도망치고, 다프네가 뒤를 쫓고,

비둘기가 괴물 그리핀을 쫓아가고, 유순한 사슴이

사자를 잡으려고 달리고. 겁쟁이가 쫓고 용맹한 자가

도망치는 마당이니, 달려 봐야 무슨 소용이 있겠어요.

디미트리어스   한가하게 당신 질문이나 받아 줄 수 없으니,

나는 이만 가겠소.

계속 따라온다면 숲속에서 당신에게 틀림없이

해악을 가하게 될 것이오.

헬레나   그래요, 사원에서, 도심에서, 벌판에서

당신은 나에게 못되게 굴지요. 부끄러운 줄 아세요, 디미

트리어스!

당신의 못된 행동은 여성 모두에 대한 모독이에요.

남자들처럼 우리들은 사랑 때문에 싸울 수가 없어요.

여성은 구애의 대상이지, 구애하는 사람이 아니지요.

나는 당신을 따라가 내가 이처럼 사랑하는 당신 손에

죽어서, 지옥을 천국으로 만들겠어요.

(디미트리어스 퇴장. 그를 뒤따라 헬레나도 퇴장)

오버론   어여쁜 아가씨, 잘 가시오. 그가 이 숲을 떠나기 전에

그대는 그에게서 도망치고, 그는 그대 사랑을 갈구하게 될

것이오.

펔 등장.

꽃을 가져왔느냐? 발 빠른 녀석, 잘 왔다.

펔   예, 여기 있습니다.

오버론   그래, 이리 다오.

내가 야생 백리향이 만발한 강둑을 하나 알고 있는데,

그곳에는 앵초와 살랑거리는 제비꽃을,

향긋한 사향장미와 들장미와 더불어,

감미로운 인동덩굴들이 지붕처럼 완전히 덮고 있단다.

거기서 티타니아가 이 꽃들의 향기와 살랑거림에

취해서 저녁 시간에 종종 잠을 자곤 한다.

거기서 뱀이 허물을 벗는데, 그 허물은

요정을 하나 감싸기에 충분한 크기의 의상이지.

이 꽃의 즙을 그녀의 눈에 발라

그녀를 끔찍한 환상으로 가득 채워 놓을 것이다.

너도 그 즙의 일부를 가지고 이 숲속을 뒤져라.

한 상냥한 아테네 여인이 못된 젊은이를

사랑하고 있다. 그자가 깨어나면 바로

보게 되는 것이 그 여인이 될 수 있는 때에

그자의 눈에 이것을 발라라. 그자가 입고 있는

아테네 복장으로 그자를 알아볼 수 있을 것이다.

그 여인이 그자를 사랑하는 것보다 그자가 그녀에게

더 반하도록 조심해서 발라야 한다.

그리고 첫 닭이 울기 전에 내게로 오너라.

퍽 주인님, 걱정하지 마십시오. 분부대로 하겠습니다.

(각각 퇴장)

제2장
(숲속)

요정들의 여왕 티타니아가 시종들을 데리고 등장.

티타니아 자, 이제 원무를 추고 요정의 노래를 불러라.
그런 다음 순식간에 이곳에서 사라지자.
몇몇은 사향장미 봉오리에서 벌레를 잡고,
몇몇은 내 꼬마 요정들의 외투를 만들어 줄
가죽 날개를 얻기 위해 박쥐와 싸우고, 몇몇은
밤마다 울어서 우리 예쁜 정령들을 놀라게 하는
시끄러운 올빼미를 지켜라. 이제 내게 자장가를 불러 다오.
나는 쉴 테니 각자 맡은 임무를 다하도록.

(그녀는 눕고, 요정들은 노래하고 춤춘다)

요정 1 혀가 갈라진 점박이 뱀들과
가시 돋친 고슴도치는 나오지 말지어다.
도마뱀과 도롱뇽은 우리 여왕님 근처에 와서
해를 끼치지 말지어다.

코러스 목청 좋은 소쩍새여,
달콤한 자장가를 불러 다오.
자장, 자장, 자-아장, 자장, 자장, 자-아장.
해악과
마법과 주문은
여왕님 근처에 얼씬도 말지어다.

자장가 들으시며 잘 주무세요.

요정 1 실 짓는 거미들은 가까이 오지 말지어다.

긴 다리 거미들아, 물러가라, 물러가.

검은 딱정벌레들은 가까이 오지 말지어다.

벌레도 달팽이도 해악을 범하지 말지어다.

코러스 목청 좋은 소쩍새여,

달콤한 자장가를 불러 다오.

자장, 자장, 자-아장, 자장, 자장, 자-아장.

해악과

마법과 주문은

여왕님 근처에 얼씬도 말지어다.

자장가 들으시며 잘 주무세요.   (티타니아 잠든다)

요정 2 자, 이제 다 잘됐으니 다들 물러가자.

한 사람만 떨어져서 보초를 서라.   (요정들 퇴장)

오버론이 등장해서 티타니아의 눈꺼풀에 즙을 떨어뜨린다.

오버론 당신이 깨어나거든 보게 되는 것을

당신의 진실된 사랑으로 받아들이게 될 것이오.

그것과 사랑에 빠져 애간장이 타보시오.

그것이 오소리든, 고양이든, 곰이든,

표범이든, 아니면 쭈뼛 털이 선 멧돼지가 되었든 간에

깨어나서 눈에 들어오는 것이

당신의 사랑이 될 것이오.

흉측한 것이 옆에 있을 때 깨어나시오.　　　　　(퇴장)

라이샌더와 허미아 등장.

라이샌더　내 사랑, 숲속을 다니느라 지쳐 보이는군요.

솔직히 말하자면, 나도 길을 모르겠소.

허미아, 당신이 괜찮다면 좀 쉬면서

날이 밝기를 기다립시다.

허미아　라이샌더, 그렇게 해요. 당신 누울 곳을 찾아보세요.

나는 이 언덕에다 머리를 눕히겠어요.　　　　　(눕는다)

라이샌더　잔디밭을 우리 두 사람의 베개로 삼읍시다.

하나의 마음, 하나의 침상, 두 개의 가슴, 하나의 진실.

허미아　착한 라이샌더, 그건 아니죠. 제발 나를 위해서

그렇게 가깝게 오지 말고, 멀찌감치 떨어져 누우세요.

라이샌더　아, 내 순수한 마음을 그대로 받아 주시오.

연인들의 마음을 사랑은 잘도 알아차리는 법이라오.

내 말은, 내 가슴은 당신과 결합되었으니

우리 가슴이 하나가 되었다는 뜻이오.

두 개의 가슴이 언약으로 서로 묶였으니

가슴은 두 개이지만 진실은 하나요.

그러니 당신 옆에서 내가 자도록 해주시오.

허미아, 당신 곁에 누워서는 난 진실만을 말한다오.

허미아　라이샌더는 말장난도 잘하는군요.

당신이 거짓말을 했다고 내가 말할 참이었다면

내 행실과 내 자존심에 큰 저주가 내릴 거예요.

그렇지만 예의 바른 사랑을 위해서

점잖게 떨어져 누우세요.

정숙한 처녀와 총각에게

어울린다고 여겨지는 거리만큼

멀찌감치 떨어져서 주무세요, 내 사랑.

그대 목숨이 다할 때까지 그대 사랑 변치 말기를.

라이샌더 암, 여부가 있겠소.

내 진심이 끝나는 날, 내 목숨도 끝날 것이오.

이곳에서 잘 테니 당신도 푹 주무시오!　　(떨어져 눕는다)

허미아　당신도 마찬가지로 푹 주무시기를!　　(둘 다 잠든다)

퍽 등장.

퍽　　숲을 다 뒤졌지만

그 눈에다 이 꽃의

사랑의 효험을 시험할

아테네 사람은 찾지를 못했네.

조용한 밤이구나. 그런데 이게 누구지?

이자는 아테네 사람의 복장을 하고 있군.

이자가 주인님이 말했던 그 아테네 여인을

멸시한 자로구나.

여기 축축하고 더러운 땅 위에

그 처녀는 곤히 자고 있군.

그녀는 감히 이 무정하고 무례한 놈
근처에 누워 있지도 못하는구나.
못된 놈, 너의 눈에다가 이 마법이 지닌
모든 효능을 뿌려야겠군.

                  (라이샌더의 눈꺼풀에 즙을 떨군다)

깨어나거든 사랑 때문에
너의 눈꺼풀에서 잠이 달아날 것이다.
내가 간 다음에 깨어나라,
나는 이제 오버론 왕에게 가봐야겠다.   (퇴장)

디미트리어스와 헬레나가 달려서 등장.

헬레나 나를 죽여도 좋으니 멈추세요, 디미트리어스.

디미트리어스 이곳에서 사라지시오. 자꾸 따라다니지 말고.

헬레나 아, 어둠 속에다 나를 내팽개칠 작정인가요? 그러지
     말아요.

디미트리어스 멈추지 않으면 가만두지 않겠소. 나 혼자 가겠소.
                            (퇴장)

헬레나 아, 이 어리석은 추격으로 숨이 차구나.
   간구하면 할수록 돌아오는 것이 더 없구나.
   있는 곳이 그 어디든 허미아는 참 행복도 하겠지.
   그녀는 복 받은 매력적인 눈을 가졌으니까.
   어쩌면 그녀의 눈은 그렇게 빛날까? 눈물 때문은 아니겠지.
   눈물이라면, 내 눈에서 더 많이 흘러내렸으니.

나와 마주치는 짐승들도 겁이 나서 도망치는 걸 보면

그래, 나는 곰처럼 못생겼나 봐.

그러니 디미트리어스가 괴물을 피하듯이 내게서

도망치는 것도 놀라운 일이 아니지.

무슨 사악하고 거짓된 거울 때문에 나 자신을 허미아의

별처럼 반짝이는 눈에다 비교했단 말인가?

그런데 이게 누구지? 라이샌더가 땅바닥에?

죽었나, 잠들었나? 피도 없고 상처도 없는데.

라이샌더, 살아 있다면 깨어나세요.

라이샌더 (깨어나며) 그댈 위해서라면 불길 속도 달리겠소.

옷이 찢긴 헬레나여, 자연이 마법을 부려

그대의 젖가슴을 통해 그대의 마음을 내게 보여 주고 있소.

디미트리어스는 어디 있소? 그 사악한 이름은

내 칼에 맞아 죽기에 딱 어울리는 것이오!

헬레나 라이샌더, 그런 말 하지 말아요, 제발.

그가 당신의 허미아를 사랑한들 어때요? 도대체 어떻단

　　말인가요?

허미아는 당신을 항상 사랑하니 그러면 됐죠.

라이샌더 허미아에게 만족하라고요? 아니, 그녀와 보낸

지루한 순간들을 나는 후회하고 있소.

내 사랑은 허미아가 아니라 헬레나요.

까마귀를 비둘기와 바꾸지 않을 사람이 있겠소?

인간의 의지는 이성에 지배되는 법인데,

이성에 따르면 당신이 더 훌륭한 여인이오.

자라는 것들은 때가 되어야 무르익는 법이니

젊은 나는 이제까지 철이 들지 않았었소.

이제야 분별의 정점에 도달했으니,

이성이 내 욕망의 안내자가 되어

나를 당신의 두 눈으로 인도하고 있소. 그 눈에서

나는 사랑의 가장 풍부한 책 속에 쓰인 사랑의 진실된 이

    야기들을 읽고 있다오.

헬레나   내가 무슨 팔자를 타고났기에 이런 심한 조롱을 당

    한단 말인가?

언제 내가 당신에게 이런 경멸을 받을 짓을 했단 말입니까?

디미트리어스의 눈에서 달콤한 눈빛 한 번

받아 본 적이 없고, 아니, 결코 받을 수도 없는 것으로

뭐가 그리 부족해서

당신마저도 나의 못생김을 모욕한단 말입니까?

정말 내게 너무하시는군요, 진심으로 그래요.

그렇게 경멸에 찬 태도로 나에게 구애를 하다니요.

안녕히 계세요. 솔직히 말해서 나는 당신을

더 훌륭한 분이라고 생각했어요.

아, 한 남자에게 거절당한 여자가

다른 남자에겐 조롱거리가 되다니!   (퇴장)

라이샌더   허미아는 못 보았군. 허미아, 거기서 계속 잠든 채로

다시는 라이샌더 곁에 다가오지 말기를!

단것을 포식하면

위장이 쉽게 질리듯이

한때 이설에 속아 넘어갔던 사람들이

그 이설을 가장 증오하듯이,

그대 나의 포식이자 나의 이설이여,

만인에게서, 그렇지만 나에게서 가장 큰 증오를 받으시오.

나의 온갖 능력이여, 너의 사랑과 힘을 쏟아서

헬렌을 찬양하고 그녀의 기사가 되어라!　　　　　　(퇴장)

허미아　(깨어나며) 라이샌더, 도와줘, 도와줘요! 최선을 다해

내 가슴에 기어다니는 이 뱀을 끌어내려 주세요!

아, 제발요! 이게 무슨 악몽이람?

라이샌더, 내가 얼마나 겁에 질려 떨고 있는지 보세요.

내 생각에 뱀이 내 심장을 먹어 치우고 있는데

당신은 앉아서 그 먹어 치우는 모습을 보고 웃고만 있더군요.

라이샌더, 어디 갔지? 라이샌더,

아니, 안 들리게 멀리 갔나? 아무 소리도 말도 안 들리나요?

아아, 어디 있는 거예요? 들리거든 말해 봐요.

사랑을 위해서 말해 줘요! 겁이 나서 기절할 지경이라고요.

대답이 없단 말인가? 그렇다면 당신은 곁에 없군요.

죽지 않았다면, 내 곧장 당신을 찾아낼 거예요.　　　(퇴장)

제3막

제1장
(계속해서 숲속)

시골뜨기들인 퀸스, 스너그, 보텀, 플루트,
스나우트, 스타블링 등장.

보텀 다들 모였소?

퀸스 다들 제시간에 맞췄소. 이곳은 우리가 연습하기에 기
가 막히게 좋은 곳이오. 이 푸른 풀밭을 우리의 무대로,
이 산사나무 덤불을 우리의 분장실로 삼아, 공작 앞에서
공연하듯이 연습을 합시다.

보텀 피터 퀸스?

퀸스 왜 그러오, 보텀, 할 말이 있소?

보텀 피라모스와 티스베의 이 희극에 유쾌하지 못한 것들이
있소. 첫째로 피라모스는 자결하려고 칼을 빼야 하는데,
이것은 여인들이 견딜 수 없는 일이오. 여기에 대해 당신

의견은 어떻소?

스타우트　성모 마리아에 맹세코 위험한 일이지.

스타블링　나는 결국 우리가 그 장면을 빼야 된다고 생각하오.

보텀　전혀 그럴 필요 없어요. 나에게 묘책이 있소. 내 말대
로 서두를 씁시다. 서두에서 우리는 칼로 전혀 해를 끼
치지 않을 것이며, 피라모스는 진정 죽지 않는다고 말해
줍시다. 보다 확실히 하기 위해서 관객들에게 나 피라모
스는 피라모스가 아니라 직조공 보텀이라고 말해 줍시
다. 이 정도면 여인들이 겁을 먹지 않을 것이오.

퀸스　그렇다면 팔육조로 쓴 서두를 붙입시다.

보텀　아니오, 팔팔조로 쓴 서두를 만듭시다.

스나우트　여인들이 사자를 무서워하지는 않을까요?

스타블링　장담하는데, 나도 그럴 것 같소.

보텀　장인들이여, 잘 생각해 보아야 하오. 여인들 가운데로
사자를 데려오는 일은 ─ 맙소사! ─ 매우 무서운 일이
오. 살아 있는 사자보다 더 무서운 야생 조류는[7] 없으니
까 우리가 조심해야 하오.

스나우트　그러니까 또 하나의 서두를 붙여 그는 사자가 아
니라고 말해 줘야겠지.

보텀　아니오, 그의 이름을 알려 줘야 하고 그의 얼굴도 절반
쯤은 사자 목을 통해서 보여야 하오. 그 자신이 이런 식
으로, 즉 이런 결함으로[8] 대사를 읊어야 하오. 〈숙녀 여

─────────

7 〈야수*wild-beast*〉를 〈야생 조류*wild-fowl*〉라고 잘못 말한 것이다.
8 〈*effect*〉란 단어를 〈*defect*〉로 잘못 말하여, 〈이런 취지로〉란 말을 〈이런

56

러분〉 혹은 〈아름다운 숙녀들이여, 제가 여러분들에게 바라기로는〉 아니면 〈여러분들에게 부탁드리니〉 혹은 〈청컨대 겁먹지 마시고 떨지 마시기 바랍니다. 제 목숨을 걸고 여러분들은 안전합니다. 여러분들이 제가 사자로 이곳에 나왔다고 생각하신다면, 제 목숨이 위험해지겠죠. 아니요, 저는 사자가 아니라 이곳에 계신 다른 사람들처럼 사람입니다〉. 그래, 그 지점에서 그가 자신의 이름을 대고, 그들에게 자신은 가구장이 스너그라고 분명하게 말하도록 합시다.

퀸스   자, 그렇게 합시다. 그런데 어려운 문제가 두 개 있소. 하나는 달빛을 실내로 들여오는 것이오. 여러분도 알다시피 피라모스와 티스베는 달밤에 만나니 말이오.

스나우트   우리가 연극을 하는 밤에도 달이 뜨나요?

보텀   달력을 가져오시오, 달력을! 달력에서 달빛을 찾아보시오, 달빛을.

퀸스   (달력을 보면서) 그래요, 그날 밤에도 달이 뜨는구려.

보텀   우리가 공연하는 큰 방의 창문을 열어 두면 그 창문으로 달빛이 비쳐 들어올 것이오.

퀸스   맞소. 아니면 누군가가 장작더미와 등불을 가지고 들어와서 자신이 달빛이란 인물을 망가뜨리거나[9] 재현하러 왔다고 말하는 거지요. 그러면 두 번째 문제는 이것

결함으로〉라고 한 것이다.

9 〈*figure*〉를 〈*disfigure*〉로 잘못 말하여, 〈나타내거나〉라는 의미의 말을 〈망가뜨리거나〉라고 한 것이다.

이오. 우리는 큰 실내에 벽을 세워야 하오. 줄거리에 따르면 피라모스와 티스베가 벽의 틈새를 통해서 얘기를 나누니 말이오.

스나우트 그렇다고 벽을 가지고 들어올 수는 없소. 보텀, 당신 생각은 어떻소?

보텀 누군가가 벽의 역할을 맡아야지요. 그자의 몸에 〈벽〉을 뜻하도록 회반죽이나 점토나 자갈 반죽을 바르도록 합시다. 그자가 이렇게 손가락을 벌려 주면 그 틈새로 피라모스와 티스베가 속삭이면 되오.

퀸스 그렇다면 다 해결되었소. 자, 다들 앉아서 각자 맡은 대사를 암송해 보시오. 피라모스, 당신부터 시작하시오. 당신 대사를 마치거든 덤불 속으로 들어오시오. 각자 자기 대사대로 하시오.

펵 등장.

퍽 (방백으로) 요정 여왕의 정자 바로 근처에
웬 삼베옷을 입은 촌뜨기들이 으스대고 있담?
아니, 연극을 준비 중이라고? 들어 봐야겠군.
필요하다면 배우가 되어 줄 수도 있지.

퀸스 피라모스, 시작하시오. 티스베는 준비하고.

보텀 (피라모스로) 〈티스베, 악취 나는 달콤한 꽃들은 — 〉

퀸스 향기요, 향기.

보텀 (피라모스로) 〈향기 나는 달콤한 꽃들은

그대 숨결과 같구려, 사랑하는 티스베.

그런데 무슨 소리가 들리는군! 여기서 잠깐만 기다리시오, 내 곧 다시 오겠소.〉 (퇴장)

퍽 (방백) 지금까지와는 다른 요상한 피라모스로군. (퇴장)

플루트 이제 내 차례인가?

퀸스 그렇소, 바로 치고 들어가야 하오. 알다시피 피라모스는 무슨 소리인가 알아보러 갔으니 곧 돌아올 테니까.

플루트 (티스베로) 〈더없이 찬란한 피라모스, 색조는 백합 같고 색상은 훌륭한 가지에 핀 붉은 장미 같아라.

더없이 힘찬 젊은이, 게다가 더없이 사랑스러운 젊음의 화신, 지칠 줄 모르는 충직한 말처럼 충실한 분.

피라모스, 그대를 니니의 무덤에서 만나겠어요.〉

퀸스 아니, 니노스의 무덤이지. 더군다나 아직 그 대사를 하면 안 되지. 그 대사는 피라모스의 질문에 대한 답이니까. 맡은 대사를 등퇴장 문구와 함께 다 뱉어 버리는군. 피라모스, 등장하시오. 당신 등장 신호인 〈지칠 줄 모르는〉이란 대사 문구가 지났소.

플루트 알았소. (티스베로) 〈지칠 줄 모르는 충직한 말처럼 충실한 분.〉

퍽이 당나귀 머리를 한 보텀을 데리고 등장.

보텀 (피라모스로) 티스베, 내가 아무리 잘생겼어도, 나는 오직 그대의 것이오.

퀸스 아이고, 끔찍해! 아이고, 괴상해! 귀신이 붙었군. 여보
게들, 다들 도망하게나. 사람 살려!

(퀸스, 스너그, 플루트, 스나우트, 스타블링 퇴장)

퍽 너희들을 쫓아가겠다. 늪과 수풀과 덤불과 가시 사이로
너희들을 이리저리 몰아붙이겠다.

나는 말이 되기도 하고, 사냥개가 되기도 하고,

돼지로, 머리 없는 곰으로, 도깨비불로 변하기도 해서

말처럼, 사냥개처럼, 돼지처럼, 곰처럼, 도깨비불처럼

매 길목에서 히힝 울고, 짖어 대고, 쿨쿨거리겠다.   (퇴장)

보텀 왜 다들 도망갔지? 이건 나를 겁주기 위한 나쁜 짓이야.

스나우트 등장.

스나우트 아 보텀, 당신 모습이 바뀌었군. 그 꼴이 뭐요?

보텀 내 꼴이 어때서? 네 녀석의 당나귀 같은 머리통이 보이
기라도 하나? 응?   (스나우트 퇴장)

퀸스 등장.

퀸스 맙소사, 맙소사. 보텀, 당신 모습이 바뀌었소.   (퇴장)

보텀 이제 보니 저자들이 장난을 친 거군. 이건 나를 조롱하
고 겁주려는 짓이야. 그러나 저들이 무슨 짓을 하든 나
는 여기서 한 발자국도 움직이지 않을 테야. 내가 두려
워하지 않는다는 사실을 저들이 알도록 이곳에서 앞뒤

로 걸어다니면서 노래를 부를 거야. (노래한다)

오렌지색 노란 부리를 지닌

짙은 검은 색상의 굴뚝새.

너무나 목청 좋은 지빠귀,

작은 피리를 지닌 굴뚝새.

티타니아 (깨어나며) 꽃 침대에 잠든 나를 깨우는 자는 어떤

천사인가?

보텀 (노래하며) 피리새, 참새, 종달새,

단조로운 잿빛 뻐꾸기,

많은 남편들이 그 가락 듣고서

아무도 〈아니〉라곤 말 못하지.

진정 어느 누가 그런 바보 새에게 머리 써서 답하겠어?

〈오쟁이 진 남편〉이라고 저렇게 외쳐 댄다 한들, 누가

뻐꾸기더러 거짓말이라고 대꾸하겠어?[10]

티타니아 점잖은 양반, 부탁이니 다시 노래해 주세요.

내 귀는 그대의 곡조에 흠뻑 빠졌고,

내 눈은 그대의 모습에 사로잡혔답니다.

그대의 훌륭함이 나로 하여금 첫눈에 그대를

사랑한다고 고백하고, 맹세하지 않을 수 없게 떠미는군요.

보텀 부인, 그럴 만한 이유가 있는지 저는 모르겠군요. 그러

나 사실을 말하자면, 요즘은 이성과 사랑이 함께하는 경

우가 드물지요. 진실한 이웃들조차 그 둘을 친구로 만들

---

10 뻐꾸기 울음소리인 〈cuckoo〉가 오쟁이 진 남편을 뜻하는 〈cuckold〉와
비슷하게 들리는 데서 나온 농담이다.

어 주지 않으니 더욱 안타까운 일이죠. 아니, 농담입니다.

티타니아 멋진 만큼이나 현명도 하시군요.

보텀 당치도 않은 말씀입니다. 제가 이 숲에서 빠져나갈 수
있는 정도의 머리가 있다면, 제법 쓸 만하겠지요.

티타니아 이 숲에서 빠져나갈 생각일랑 마세요.
그대 뜻이 어떠하든 여기 남으세요.
나는 보통 계급의 정령이 아니라서
여름이 여왕의 시녀로서 항상 나의 시중을 들죠.
나는 그대를 사랑해요. 그러니 나와 같이 갑시다.
그대에게 시중들 요정들을 선물하겠어요.
그들이 심해에서 그대에게 보석들을 가져다주고
그대가 꽃밭에 잠든 동안 노래를 불러 줄 거예요.
내가 그대의 인간 육신을 깨끗하게 해줄 것이니
그대는 가벼운 정령처럼 날게 될 거예요.
콩꽃, 거미줄, 나방, 겨자씨야!

위에 호명한 네 명의 요정들 등장.

요정 1 대령했나이다.

요정 2 저도요.

요정 3 저도요.

요정 4 저도요.

모두 함께 어디로 갈까요?

티타니아 이 양반에게 친절하게 예의를 갖추어라.

그가 걷는 길에서 깡충거리고, 그의 눈앞에서 춤추어라.

그에게 살구와 블랙베리,

주황색 포도와 푸른 무화과와 오디를 대접해라.

벌통에서 꿀주머니를 훔쳐 오고,

벌들의 밀랍 정강이를 잘라서 저녁에 쓸 초를 만들고

반딧불 눈으로 그것들에 불을 붙여

내 사랑을 잠자리에 들었다 일어나게 해라.

알록달록한 나비의 날개를 뽑아서

그의 잠든 눈에서 달빛을 가리거라.

요정들아, 그에게 인사하고 예를 갖춰라.

요정 1 안녕하십니까.

요정 2 안녕하십니까.

요정 3 안녕하십니까.

요정 4 안녕하십니까.

보텀 진심으로 실례합니다만, 성함이 어떻게 되시는지요?

거미줄 거미줄입니다.

보텀 거미줄 양반, 앞으로 잘 부탁드립니다. 제가 손가락을 베이거든 감히 도움을 청하겠습니다. 귀하의 성함은?

콩꽃 콩꽃입니다.

보텀 모친이신 콩깍지 여사께 안부 전해 주십시오. 부친 콩깍지 선생께도요. 훌륭하신 콩꽃 양반, 앞으로 잘 부탁드립니다. 귀하는 성함이 어떻게 되시는지요?

겨자씨 겨자씨입니다.

보텀 훌륭하신 겨자씨 양반, 댁의 고통은 익히 알고 있습니다. 그 겁많고 덩치 큰 소고기란 놈이 댁의 집안 양반들을 여럿 집어삼켰지요. 전에 댁의 친척들이 저의 눈에서 눈물깨나 흐르게 만들었답니다. 겨자씨 양반, 앞으로 잘 부탁드립니다.

티타니아 자, 그의 시중을 들고, 그를 내 정자로 안내해라.
내가 보니 달님의 눈에 눈물이 고인 것 같구나.
달님이 울면, 강탈당한 순결을 슬퍼하며
작은 꽃들이 따라서 울지.
내 사랑의 입을 막아서 조용히 모셔 오너라.　　(모두 퇴장)

제2장
(계속해서 숲속)

요정들의 왕 오버론 등장.

오버론 티타니아가 깨어났다면
그녀가 미친 듯이 반하게 됐을
첫눈에 들어온 것이 무엇인지 궁금하구나.

퍽 등장.

마침 내 심부름꾼이 왔군. 녀석아, 무슨 소식이 있느냐?
이 요정들의 숲에 저녁 여흥거리가 없단 말이냐?

퍽   여왕께서 자신의 은밀하고 신성한 정자 부근에서
괴물과 사랑에 빠지셨습니다.
그녀가 정신없이 곤히 잠들어 있을 때
아테네의 상점에서 하루 벌어 먹고사는
한 무리의 거친 직공들이
훌륭하신 시시어스 공작의 결혼식 날 공연할
연극 연습을 하려고 다 함께 모였습니다.
그들 연극에서 피라모스 역을 맡은
그 덜떨어진 무리 중에서 가장 멍청한 녀석이
자신의 무대를 버리고 덤불로 들어왔습니다.
제가 이 기회를 잡아서
그의 머리에 당나귀 대가리를 붙였습니다.
티스베의 대사에 곧장 응답하려고
그 광대가 나왔습니다. 동료들이 그를 보자마자
마치 들기러기들이 살금살금 기어오는 사냥꾼을 본 듯이,
아니면 무리 지어 있던 붉은 머리 갈까마귀들이
총소리에 날아오르며 까악까악 하고 울며
다들 흩어져서 미친 듯이 하늘을 가로지르듯이,
그의 출현에 모두 도망쳤습니다.
우리들의 발 구르는 소리에 한 사람씩 넘어졌고,
〈살인이야!〉 외치며 아테네 사람들의 도움을 청했습니다.
이렇게 잔뜩 겁에 질려서 그들의 감각이 약해지자
무감각한 자연물들이 그들에게 해악을 가하기 시작했죠.
덤불과 가시에 옷이 걸려서 누구는 소매가 찢겨 나가고,

누구는 모자가 벗겨지는 등 겁쟁이들에게 온갖 것이 달라
   붙었지요.
저는 이렇게 혼비백산한 상태로 그들을 끌고 다녔고
모습이 변한 피라모스를 그곳에 남겨 두었습니다.
바로 그 순간에 우연히도
티타니아 여왕께서 깨어났고, 곧바로 당나귀와 사랑에 빠
   지셨죠.
오버론   생각보다 일이 잘되었군.
그런데 내가 시킨 대로 그 사랑의 즙을
그 아테네 청년의 눈에다 발랐느냐?
퍽   잠든 그 청년을 찾아서 그렇게 했습니다.
그 아테네 처녀가 바로 그 옆에 있었으니
그가 깨어나서 틀림없이 그녀를 보았을 것입니다.
오버론   이리 가까이 오너라. 이자가 바로 그 아테네 청년이다.

디미트리어스와 허미아 등장.

퍽   여자는 맞는데, 남자는 아닌데요.   (둘이 물러선다)
디미트리어스   아, 당신을 이처럼 사랑하는 이에게 왜 욕을 하
   는 거요?
당신의 철천지원수에게나 그렇게 퍼부으시오.
허미아   지금은 욕에 그치지만 더 심하게 대할 거예요.
내가 저주를 퍼붓게 만든 것은 당신이니까.
만약 당신이 잠든 라이샌더를 살해했다면,

이미 잔뜩 피를 묻혔으니 더 깊숙이 뛰어들어

나도 죽이세요.

태양이 낮에 충실했던 이상으로

그는 나에게 충실했어요. 잠든 허미아를 놔두고

그가 몰래 빠져나갔겠어요? 차라리

단단한 지구에 구멍이 뚫리고 달이

그 중심부로 기어 들어가 정오에 지구 반대쪽을

어둡게 해서 태양을 괴롭힌다는 말을 믿겠어요.

당신이 라이샌더를 살해한 것이 틀림없어요.

살인자는 그렇게 끔찍하고 혐오스러운 모습을 하고 있으

니까요.

디미트리어스 살해당한 자의 모습이 그렇겠지요. 나 역시 그

렇소,

당신의 모진 잔인함으로 내 심장이 찔렸으니.

그러나 살인자인 당신은 저 반짝이는 하늘에 떠 있는

저 멀리 있는 금성처럼 밝고 빛나게만 보이는군요.

허미아 그게 나의 라이샌더와 무슨 상관이죠? 그는 어디 있

어요?

아, 착한 디미트리어스, 그를 내게 돌려주겠어요?

디미트리어스 차라리 그의 시체를 내 사냥개들에게 던져 주

겠소.

허미아 꺼져라, 꺼져, 개 같은 놈! 처녀다운 인내의

한계 너머로 나를 내모는군. 정말 그를 죽였단 말이야?

그렇다면 너는 이제부터 사람 축에도 끼지 못할 거야.

아, 딱 한 번만 진실을, 나를 위해서 진실을 말해 줘.

그가 깨어 있을 때 감히 그를 쳐다보고 있다가

잠들어 있을 때 그를 죽인 건가? 잘도 내리쳤군그래!

독사도 그 정도는 할 수 있겠지?

독사보다 더 갈라진 거짓 혀를 가진 당신이

죽이지 않았다니, 독사에 물려 죽은 것이 틀림없군.

디미트리어스 엉뚱한 쪽에다 화풀이를 하고 있군.

나는 라이샌더의 피를 흘리지도 않았고,

장담하건대 그는 죽지도 않았소.

허미아 그렇다면 제발 잘 있다고 말해 줘요.

디미트리어스 그렇다면 나에게 무슨 대가를 주겠소?

허미아 다시는 나를 못 보는 특권을 드리지요.

혐오스러운 당신 앞에서 나는 이만 떠나겠어요.

그가 살았든지 죽었든지 다시는 나를 찾지 말아요. (퇴장)

디미트리어스 저렇게 화나 있으니 따라가 봐야 소용없겠어.

그러니 여기 잠시 머물러야겠구나.

슬픔으로 잠을 못 이뤘더니

슬픔의 무게가 더욱 무거워지는구나.

이곳에서 잠시 쉬며 잠깐이나마 눈을 붙인다면

미미하지만 슬픔에 진 빚을 갚을 수 있겠군.

(누워서 잠든다)

오버론 (퍽에게) 무슨 짓을 한 거야? 완전히 잘못해서

진실한 연인의 눈에다 그 사랑의 즙을 발라 놓았구나.

너의 오해 탓에 잘못된 사랑이 진실하게 바뀐 게 아니라

진실한 사랑이 바뀌게 된 결과가 나왔군.

퍽 한 사람이 사랑의 언약을 지키면 수많은 사람이

언약을 파괴하는 형편이니, 그렇다면 운명이 알아서 하겠죠.

오버론 바람보다 빨리 숲으로 가서

아테네의 헬레나를 확실하게 찾아내라.

온통 사랑의 열병에 걸려 피를 마르게 하는

한숨으로 그녀는 안색이 창백하다.

환영을 보여서라도 그녀를 이곳으로 데려오너라.

그녀가 나타날 것을 대비해서 내가 이자의 눈에 마법을 걸

겠다.

퍽 갑니다, 가요. 타타르인의 활시위를 떠난 화살보다

재빠르게 갑니다요.　　　　　　　　　　　　　(퇴장)

오버론 큐피드의 화살에 맞은

이 붉은색 꽃즙아,

이자의 눈동자에 떨어져라.

　　　　　　　　(디미트리어스의 눈에 즙을 떨군다)

이자가 자신의 여인을 바라볼 때

하늘의 금성처럼 그녀는

찬란하게 빛날지어다.

그대 깨어날 때 그녀가 곁에 있다면

그녀에게 그 상사병을 고쳐 달라 해라.

퍽 등장.

퍽　　　요정 무리의 왕이시여,
　　　　　헬레나를 데려왔습니다.
　　　　　제가 착각했던 젊은이는
　　　　　사랑의 보상을 간구하고 있습니다.
　　　　　그들의 어리석은 연극을 볼까요?
　　　　　맙소사, 이 인간들은 얼마나 어리석은지!

오버론　물러서라. 그들이 떠드는 소리가
　　　　　디미트리어스를 깨우겠다.

퍽　　　그럼 둘이 동시에 한 여인에게 구애하게 되겠군요.
　　　　　그것만으로도 구경거리겠어요.
　　　　　뒤죽박죽 일어나는 일들이
　　　　　나는 가장 재미있거든요.　　　　　　(둘이 물러선다)

　　　　헬레나 등장하고, 뒤이어 라이샌더 등장.

라이샌더　왜 내 구애를 조롱으로 받아들이는 거요?
　　울면서 조롱하고 비웃는 경우를 보았소?
　　나는 울면서 맹세하나니, 그런 맹세는
　　그 태생부터가 진실된 것이오.
　　나의 맹세가 진실임을 증명하는 징표를 지니고 있는데도
　　어떻게 그것들이 당신 눈에는 조롱으로 비친단 말이오?

헬레나　당신은 점점 더 궤변을 늘어놓으며,
　　한 사람에 대한 사랑의 맹세로 다른 사람에 대한 진실을
　　죽이는군요, 아, 악마 같은 신성한 싸움이여!

70

이 맹세들은 허미아의 몫인데, 그녀를 포기할 작정인가요?

맹세와 맹세를 저울에 달아 보면 무게가 같죠.

허미아와 나에 대한 당신의 맹세를 저울에 놓으면

무게가 똑같으니, 둘 다 거짓말처럼 가볍기 짝이 없죠.

라이샌더 그녀에게 맹세할 때는 내가 철이 없었소.

헬레나 내 생각엔 그녀를 포기하려는 지금도 마찬가지예요.

라이샌더 디미트리어스는 그녀를 사랑하지만, 당신을 사랑하지는 않소.

디미트리어스 (깨어나며) 오, 헬렌, 여신이여, 요정이여, 완전하고 근사하구나!

오, 내 사랑, 그대 눈을 그 무엇에 비할까요?

수정도 진흙투성이지. 두 알의 체리 같은 그대 입술은

농염하고 붉게 무르익어 얼마나 유혹적인지!

그대 손을 들어 올릴 때, 그 얼어붙은 깨끗한 흰색은

동풍에 날리는 높은 토로스 산정의 눈조차 까마귀색으로

바꿔 버린다오. 아, 이 백설 공주에게, 이 희열의 표상에게

입 맞추게 해주시오!

헬레나 아, 염병할! 오, 빌어먹을! 이제 보니 둘이서 작당하고

날 조롱거리로 만드는군.

당신들이 점잖은 예의를 아는 사람이라면,

나에게 이렇게 심하게 굴지는 않았을 거예요.

내 익히 아는 바대로 당신들이 나를 미워하면 됐지,

둘이 의기투합해서 나를 놀리기까지 하다니요.

겉모습처럼 당신들이 남자라면,

당신들이 진심으로 나를 미워하고 있음을 내가 확실히 알
　고 있는 마당에
맹세하고 서약하고 내 자질들을 상찬하면서까지
정숙한 여인을 이런 식으로 막 대하지는 않았을 겁니다.
당신들은 둘 다 연적으로 허미아를 사랑하더니
이제는 헬레나를 조롱하는 것으로까지 경쟁하는군.
조소로 불쌍한 여자의 눈에서 눈물을 자아내다니
훌륭한 솜씨요, 대장부다운 일이군요.
체통 있는 사람이라면, 장난을 치기 위해
이런 식으로 처녀를 괴롭히고
불쌍한 영혼의 화를 돋우지는 않을 거예요.
라이샌더　디미트리어스, 당신 참 매정하군, 그러지 마시오.
당신이 허미아를 사랑한다는 것은 당신도 나도 다 알고
　있는 사실이오.
이제 진심으로, 호의를 담아 이 자리에서
허미아에 대한 내 사랑을 당신에게 양보하오.
그러니 내가 사랑하고 있고, 죽을 때까지 사랑할 작정인
헬레나에 대한 당신의 사랑을 나에게 양도하시오.
헬레나　정말 잘들 노는군.
디미트리어스　라이샌더, 나는 관심 없으니 당신의 허미아를
　지키시오.
내가 한때 그녀를 사랑했다 해도, 그 사랑은 다 사라졌소.
그녀에 대한 내 마음은 단지 손님처럼 잠시 머무르다
이제는 고향 같은 헬렌에게로 돌아와

거기 머물고 있소.

라이샌더 헬렌, 이건 거짓말이오.

디미트리어스 위험을 자초하지 않으려거든
알지도 못하는 사랑을 폄하하지 마시오.
보시오, 저기 당신의 사랑이 오고 있소.

허미아 등장.

허미아 눈이 그 기능을 상실하는 어두운 밤에
귀는 더 예민해져서
시력이 손상되는 만큼
청력은 두 배로 늘어나는 법.
라이샌더, 당신을 찾은 것은 내 눈이 아니에요.
다행히도 내 귀가 당신 목소리에게로 나를 안내했죠.
그런데 무슨 이유로 당신은 그렇게 무정하게 나를 버리고
떠났나요?

라이샌더 사랑이 떠나라고 밀치는데, 머무는 사람이 어디 있
겠소?

허미아 무슨 사랑이 라이샌더를 내 곁에서 밀어낸 거죠?

라이샌더 머무는 것을 허용하지 않은 라이샌더의 사랑,
저 멀리서 반짝이는 뭇별과 빛의 눈동자들보다
밤을 더욱 금빛으로 뒤덮는 아름다운 헬레나요.
왜 나를 찾아왔소? 당신에게 품은 증오 때문에
내가 그렇게 당신 곁을 떠났다는 사실을 이래도 모르겠소?

허미아 다 헛소리예요. 그럴 리가 없어요.

헬레나 저것 봐, 그녀도 한패로군!

이제 보니 셋이서 공모해서

나를 괴롭히기 위해 이 못된 장난을 모의했군.

못된 허미아, 정말 신의 없는 년!

이 끔찍한 조롱거리로 나를 낚으려고

이자들과 너도 작당하고 공모했지?

우리 둘이 나누었던 그 모든 속마음 이야기들과

자매의 맹세와, 우리를 갈라놓으려 발 빠르게 지나가는

세월을 책망하면서 우리가 함께 보냈던 시간들,

아, 이 모든 것들을 깡그리 잊었단 말이냐?

학창 시절의 우정, 어린 시절의 순수함도 잊었단 말이냐?

허미아, 우리 둘은 솜씨 좋은 신들처럼

각자의 바늘로 하나의 꽃을 수놓았지.

마치 우리의 손과 옆구리와 목소리와 마음이 모두

한 몸이나 된 듯이

같은 방석에 앉아서, 같은 견본에다 수를 놓으며,

같은 높이로 같은 노래를 흥얼거렸지. 이렇게 우리는

한 쌍의 체리처럼 함께 자랐지. 둘로 나뉜 것처럼 보이지만

갈라진 상태로 하나로 연결된,

같은 가지에 맺힌 두 개의 사랑스러운 체리들이었지.

마치 가문의 문장이 두 개로 표시되지만

하나의 볏 장식 아래 둘러싸여 있듯이

우린 몸은 둘이지만 가슴은 하나였지.

그런데도 넌 불쌍한 친구를 조롱하는 남자들과 한패 되어

우리의 옛 우정을 산산조각 낼 심산이니?

이것은 친구답지도, 처녀답지도 못한 일이야.

비록 나 혼자서 그 아픔을 겪지만

나뿐만 아니라 모든 여성들이 이 일로 너를 비난할 거야.

허미아　왜 이렇게 화를 퍼붓는지 영문을 모르겠군.

나는 너를 경멸하지 않아. 오히려 네가 나를 경멸하는 것

　　같은데.

헬레나　경멸하듯 나를 따라다니면서 나의 눈과 얼굴을

칭찬하도록 네가 라이샌더를 꼬드기지 않았다고?

조금 전까지만 해도 나를 발로 찼던 너의 또 다른 연인

디미트리어스로 하여금 나를 성스럽고 진기하고

소중하고 거룩한 여신이자 요정이라 부르도록

시키지 않았다고? 나를 증오하는 그가 나에게

이런 말을 왜 하겠어? 너의 용인과 사주가 아니라면

라이샌더가 자신의 영혼 속에서 그렇게 소중한

너의 사랑을 부인하고

과연 왜 나에게 애정 공세를 하겠어?

비록 내가 너처럼 운 좋게도

연인들이 따라붙을 정도로 얼굴이 예쁘지 못해서

가엾게도 짝사랑을 하고 있지만,

이건 너의 경멸이 아니라 동정을 받을 일이야.

허미아　도대체 무슨 말을 하는지 모르겠어.

헬레나　아니, 모른다고! 계속해서 심각한 가짜 표정을 지으며

내 등 뒤에서 내 흉을 보고,

서로 눈빛을 건네면서 달콤한 장난을 계속하렴.

잘하면 나를 골탕 먹이는 이 장난이 역사에 남겠구나.

네가 동정심이나 호의나 예의가 있는 사람이라면

나를 이런 식으로 장난거리로 만들지는 않았을 거야.

잘 있어라. 이건 내 책임도 일부 있으니

내가 죽거나 없어지면 해결되겠지.

라이샌더 고상한 헬레나, 가지 말고 내 말을 들으시오,

내 사랑, 내 목숨, 내 영혼인 아름다운 헬레나여!

헬레나 아, 잘도 노는군!

허미아 (라이샌더에게) 내 사랑, 그런 식으로 그녀를 경멸하지 말아요.

디미트리어스 (라이샌더에게) 그녀의 간청이 안 통한다면, 내가 강요하지.

라이샌더 그녀의 간청이나 당신의 강요나 안 통하기는 마찬가지야.

그녀의 힘없는 기도와 마찬가지로 당신 협박도 소용이 없어.

헬렌, 내 사랑, 이 목숨을 바쳐 그대를 사랑하오!

내가 그대를 사랑하지 않는다는 자의 말이 거짓임을

이 목숨을 바쳐서라도 증명해 보이겠소. 장담하오.

디미트리어스 (헬레나에게) 정말이지 내가 저 친구보다 그대를 더 사랑하오.

라이샌더 진심이라면 칼을 빼서 증명해 보여라.

디미트리어스 자, 덤벼라!

| 허미아 | 라이샌더, 도대체 왜 이러는 거예요? |

(그를 붙든다)

라이샌더 이 검둥이야, 비켜!

| 디미트리어스 | 아니지, 아니야. 너는 |

뿌리치는 척하며 마치 덤빌 듯이 법석을 피우지만

막상 덤비지도 못하지. 별것 아닌 놈이군. 꺼져 버려!

라이샌더 (허미아에게) 놔, 이 고양이 같은 년, 진드기처럼

더럽게도 달라붙는군. 놓으라니까. 안 그러면 독사처럼 너

를 떨쳐 버리겠다!

허미아 사람이 왜 이렇게 거칠어졌죠? 이 무슨 조화인가요,

내 사랑?

라이샌더 내 사랑? 까만 타타르인아, 꺼져라, 꺼져!

끔찍한 독약 같으니! 저리 가, 아 끔찍해, 가라니까!

허미아 농담이죠?

| 헬레나 | 그래, 진실로 둘 다 똑같아. |

라이샌더 디미트리어스, 당신과 나의 약속은 지키겠소.

디미트리어스 힘없는 손을 뿌리치지도 못하는 주제에.

그 약속 지켰으면 좋겠소만, 당신 말은 믿지 않겠소.

라이샌더 그렇다면, 그녀를 상처 내고 때리고 죽이란 말이오?

내 비록 그녀를 싫어하지만, 그런 해악은 가하지 못하겠소.

허미아 아니, 나를 싫어하는 것보다 더한 상처가 내게 있을

수 있단 말인가요?

어째서 나를 싫어한단 거죠? 아, 대체 무슨 일이죠, 내 사랑?

나는 허미아이고, 당신은 라이샌더가 아니란 말인가요?

나는 예전이나 지금이나 똑같이 예쁜걸요.

당신은 밤사이 나를 사랑하더니, 밤사이 나를 버렸군요.

그렇다면 당신은 진심으로 ― 오, 하느님 맙소사! ― 나를

버렸다는 건가요?

라이샌더　　　　　그렇소, 진심이고,

다시는 당신을 더 보고 싶은 생각이 없소.

그러니 의심의 여지 없이 희망을 버리시오.

내가 당신을 싫어하고 헬레나를 사랑한다는 것은

농담이 아니고, 더할 나위 없이 확실하오.

허미아　(헬레나에게) 너 이 사기꾼, 이 진드기 같은 년,

이 사랑 도둑년! 그래, 밤에 몰래 와서

내 연인의 마음을 훔쳐 간 거지?

헬레나　　　　　　　　　　정말 가관이군!

너는 예의도, 처녀의 수치도,

낯가죽도 없단 말이냐? 아니, 내 점잖은 입에서

성난 말들을 끌어내고야 말겠다는 거야?

이 가증스러운 것, 난쟁이 같은 년! 창피한 줄 알아, 창피

　한 줄을!

허미아　난쟁이라고? 옳지! 그래, 그런 식으로 나를 가지고

　노는군.

이제 보니까 너는 우리들의 키를 비교해서

네 큰 키를 자랑하는군.

자신의 자태, 키 큰 자태로

정녕 그 큰 키로 라이샌더를 사로잡았구나.

내가 작고 난쟁이 같다고 해서

그가 너를 높이 평가한단 말이지?

이 색칠한 장대 같은 년, 그래, 내가 작으면 얼마나 작지?

내가 얼마나 작냐고? 내가 아무리 작아도

이 손톱으로 네년의 눈을 뽑아 버릴 수는 있지!

(헬레나에게 달려들다 제지당한다)

헬레나 신사분들, 부탁인데, 당신들은 나를 놀려먹더라도,

그녀가 나를 해치지는 않게 해주세요. 나는 모질지 못해요.

나는 싸움에는 영 소질이 없고

그저 소심한 처녀랍니다.

그러니 그녀가 나를 때리지 않게 해주세요. 그녀가 나보다

약간 키가 작아서 내가 그녀를 당해 낼 수 있다고

생각하실지 모르지만 —

허미아   키가 작다고? 저것 좀 들어 보세요!

헬레나 착한 허미아, 나한테 그렇게 독하게 굴지 마.

나는 지금까지 너를 사랑했고,

너의 비밀을 지켜 줬고, 너에게 잘못을 한 적도 없어.

단지 디미트리어스에 대한 내 사랑에서

그에게 이 숲으로 도망한다는 네 계획을 말해 준 것 말고는.

그가 너를 따라가자 나도 사랑하는 마음에서 그를 따라왔지.

그러나 그는 나를 가라고 책망했고, 나를 때리고, 발로 차고,

심지어는 죽여 버리겠다고 협박했지.

이제 당신들이 나를 조용히 보내 준다면,

나는 이제 나의 어리석음을 간직한 채 아테네로 돌아가고

당신들을 더 이상 따라다니지 않을 거예요. 보내 주세요.

당신들이 보다시피 나는 참 무지하고 어리석은 사람입니다.

허미아 그래, 가. 누가 못 가게 막기라도 하니?

헬레나 여기에 남겨 둘 바보 같은 마음이.

허미아 뭐, 라이샌더에게 남겨 둔다고?

헬레나   디미트리어스에게.

라이샌더 걱정 마시오. 그녀가 그대에게 해를 가하지는 못할 것이오, 헬레나.

디미트리어스 암, 그렇고말고, 당신이 허미아 편을 든다 해도 어림없지.

헬레나 정말이지 화가 나면 그녀는 앙칼지고 사악해요.

학교 다닐 적엔 여우 같았고

조그마해도 성깔이 있었어요.

허미아 또 〈조그맣다〉고? 〈작다〉느니 〈조그맣다〉느니 이런 말 밖에 할 줄 모르니?

나를 이렇게 우롱하도록 그녀를 가만둘 건가요?

막아서지 마세요.

라이샌더   꺼져라, 난쟁이야!

발육 저해제를 먹은 땅꼬마,

이 구슬, 이 도토리야!

디미트리어스   당신의 사랑을 경멸하는

헬레나를 위한답시고 참 주제넘게 구는군.

허미아를 가만두고, 헬레나 얘기는 하지 마시오.

그녀 편도 들지 말고. 만일 당신이 그녀에 대한 사랑을

조금이라도 보일라치면

그 대가를 치르게 될 것이오.

라이샌더   자, 이젠 허미아가 나를 붙잡고

있지 않소.

그러니 헬레나가 당신과 나 중에서 누구를

더 소중히 여기는지 알아볼 마음이 있다면, 나를 따라오시오.

디미트리어스   따라간다고? 아니, 나란히 가겠소.

(라이샌더와 디미트리어스 퇴장)

허미아   이년, 이 모든 소동이 다 너 때문이야.

아니, 도망가지 마.

헬레나   나는 너를 믿지도 않고

싸움닭 같은 너와 더 이상 함께 있지도 않을 거야.

너의 손은 나보다 재빠르게 싸움을 걸지만

도망가는 데는 내 다리가 더 길지.   (퇴장)

허미아   어이가 없어 말이 안 나오는군.   (퇴장)

(오버론과 퍽이 무대 앞으로 나온다)

오버론   이 모든 것이 네가 일을 소홀히 한 탓이다. 넌 항상

사고를 치거나 일부러 나쁜 짓을 저지르는구나.

퍽   그림자들의 왕이시여, 정말 제가 실수를 했습니다.

주인님께서 그 아테네 사람의 복장으로

제가 그를 알아볼 수 있을 거라고 말씀하시지 않았습니까?

적어도 아테네 사람의 눈에 즙을 뿌린 것까지는

제 임무는 흠잡을 데가 없습니다.

그들의 싸움을 저는 재미있게 여기고 있으니

일이 이렇게 된 게 기쁘기도 하고요.

오버론 너도 보다시피 이들 연인들이 싸울 곳을 찾고 있다.

그러니 로빈, 서둘러서 깜깜하게 해라.

곧장 별이 빛나는 하늘을 지옥처럼 검게

드리우는 안개로 뒤덮어

이들 성마른 연적들을 서로 마주치지 못하도록

엇갈리게 끌고 다녀라.

라이샌더의 목소리를 가끔 흉내 내어

디미트리어스에게 신랄한 모욕을 가해라.

때로는 디미트리어스처럼 욕설을 퍼부어

죽음과 같은 깊은 잠이 그들의 이마 위로

납덩이 같은 다리와 박쥐 같은 날개를 하고

기어오를 때까지 이 둘을 서로 엇갈리게 끌고 다녀라.

잠들면 이 꽃을 라이샌더의 눈에 짜서 뿌려라.

그러면 그 즙액의 효험으로

그의 눈에서 모든 잘못이 다 맥없이 사라지고

그의 두 눈은 원래의 시력을 회복하게 될 것이다.

그자들이 깨어나게 되면 이 모든 웃음거리가

허황된 꿈처럼 보일 것이고,

이들 연인들은 죽을 때까지 끝나지 않을 맹약과 더불어

아테네로 돌아갈 것이다.

네가 이 일을 처리하는 동안

나는 여왕에게 가서 그 인도 소년을 달라고 하겠다.

그런 다음 그녀의 마법에 걸린 눈을 그 괴물의 모습에서 풀어 주고 나면, 만사 해결이다.

퍽 요정들의 왕이시여, 서둘러야 하겠습니다.

밤의 날쌘 용들이 구름을 전속력으로 가르고 있고,

저기 새벽의 여신의 전령인 샛별이 빛나고 있습니다.

동이 트면 이곳저곳을 방황하던 유령들은

교회 무덤으로 돌아갑니다. 자살로 십자로에 묻힌 사람들과

물에 빠져 죽은 저주받은 영혼들은

동이 트면 그들의 비참한 모습이 들킬까 두려워

이미 구더기들의 소굴로 돌아갔습니다.

그들은 스스로 빛을 피한 자들이니

영원히 검은 이마를 지닌 밤과 어울려야만 합니다.

오버론 우리는 다른 종류의 요정들이지.

나는 가끔 새벽의 여신과 함께 사냥을 했고,

붉게 타오르는 동녘이

찬란한 그 복된 빛을 바다에 띄워

푸른 소금기 먹은 물결을 노란 금빛으로 바꿔 놓을 때까지

산지기처럼 숲속을 누볐지.

그렇더라도 지체하지 말고 서둘러라.

동트기 전에 이 일을 완수하자.   (퇴장)

퍽   위로 아래로, 위로 아래로

위로 아래로 이들을 끌고 다녀야지.

시골과 도시에서 다들 나를 겁내지.

도깨비야, 이들을 위로 아래로 끌고 다녀라.

여기 한 친구가 오고 있군.

라이샌더 등장.

라이샌더 거만한 디미트리어스, 어디 있는 거냐? 대답해라.

퍽 못된 놈아, 여기 싸울 준비가 되어 있다. 너는 어디 숨었
느냐?

라이샌더 곧 상대해 주마.

퍽 그렇다면 따라 오너라.
더 트인 곳으로 가자. (라이샌더 퇴장)

디미트리어스 등장.

디미트리어스 라이샌더! 대답해라!
이 도망자, 이 겁쟁이야, 어디로 도망갔느냐?
대답하라고! 덤불에 숨었나? 어디다 고개를 처박은 게냐?

퍽 너 겁쟁이야, 싸울 준비가 되어 있다고
하늘에다 우쭐대며 온 숲에다 고함치면서도
정작 나타나지는 못한다 이거지? 이 겁쟁이, 애송이 같은
놈, 덤벼라, 덤벼.
막대로 때려 주지. 너 같은 놈한테 칼을 빼기에는
칼이 아깝지.

디미트리어스 그래, 거기 있단 말이지?

퍽 내 목소리를 따라와라. 여기선 남자답게 싸울 수 없으니.
(퇴장)

라이샌더 다시 등장.

라이샌더 저 자식이 앞서가며 계속 나에게 도전을 하는군.

소리 나는 곳으로 가보면 이미 도망가고 없단 말이야.

개자식이 나보다 무척 발이 빠르군.

재빨리 따라가면 더 빠르게 도망가 버리니

이렇게 어둡고 험한 곳에 다다랐군.

여기서 좀 쉬어야겠다.   (눕는다)

자, 아침아 밝아라!

어슴푸레한 빛이라도 있다면

디미트리어스를 찾아서 이 곤경에 대한 복수를 해야지.

(잠든다)

퍽과 디미트리어스 등장.

퍽 히, 히, 히, 이 겁쟁이야, 왜 따라오지 않는 거야?

디미트리어스 원한다면 도전해라, 앞서 도망가며

요리조리 피하면서 감히 멈춰 서거나

내 얼굴을 쳐다보지도 못하는 녀석인 주제에.

이젠 어디로 숨었단 말이냐?

퍽   이리 오너라, 여기 있다.

디미트리어스 아니 또 나를 놀리는군. 햇빛 속에서 내가 너의

얼굴을 보게 된다면 톡톡히 대가를 치르게 할 것이다.

네 갈 데로 가라. 힘이 다 빠져

이 차가운 땅에 누워야겠다.

어서 아침이 왔으면.   (누워서 잠든다)

헬레나 등장.

헬레나   아, 힘들고 지루한 긴 밤이여,

네 시간을 줄여다오. 동녘이 밝아 오면

나와 함께하기를 혐오하는 이들을 떠나

훤할 때에 아테네로 돌아가야겠다.

슬픔의 눈을 감겨 주는 잠아,

잠시 동안 나의 무리들을 잊게 해다오.   (누워서 잠든다)

퍽   아직 셋뿐이야? 아직 한 명이 모자라는군.

네 명이면 두 쌍이지.

저기 오는군, 화가 나고 슬픔에 젖은 채로.

큐피드는 못된 녀석이야,

불쌍한 여자들을 이렇게 화나게 하다니.

허미아 등장.

허미아   더없이 지치고 더없이 슬픔에 빠져,

이슬에 젖고 가시덤불에 찢겨

더 이상 기어갈 힘도 없구나.

발이 마음을 따라 주지 않으니

날이 밝을 때까지 이곳에서 쉬어야겠다.

둘이 싸운다면, 하늘이시여, 라이샌더를 지켜 주소서!

(누워서 잠든다)

퍽   땅 위에서

깊이 잠들어라.

다정한 연인아, 내

너의 눈에

치료제를 발라 주마. (라이샌더의 눈에 즙을 떨군다)

그대 깨어나거든

그대 옛 사랑의 눈을

보고서

참 기쁨을

만끽하리라.

누구나 다 짝이 있다는

잘 알려진 시골 속담을

깨어나면 실감할 것이다.

갑돌이는 갑순이를 얻게 되고,

만사형통하리니

다들 제 짝을 만나서 만사형통하리라.

(퇴장. 네 명의 연인들은 무대 위에 모두 잠들어 있다)

제4막

제1장
(앞장에 이어서 같은 숲속의 장소)

요정 여왕 티타니아, 당나귀 머리를 한 보텀,
요정들인 콩꽃, 거미줄, 나방, 겨자씨 등장.
이들 뒤에서 보이지 않게 요정의 왕 오버론 등장.

티타니아 (보텀에게) 자, 이 꽃 침대에 앉아 계세요.

    그동안 제가 그대의 사랑스러운 뺨을 애무하고,

    그대의 매끄럽고 부드러운 머리에 사향장미를 꽂고

    그대의 큰 귀에 입을 맞추겠어요, 내 사랑.

보텀 콩꽃은 어디 있소?

콩꽃 여기 대령했나이다.

보텀 내 머리를 긁어 주시오. 거미줄 양반은 어디 있소?

거미줄 분부만 내리십시오.

보텀 거미줄 양반, 무기를 손에 들고 가서 엉겅퀴 꼭대기에 앉아 있는 엉덩이가 붉은 호박벌을 한 마리 잡아 주시오. 꿀주머니도 가져다주시오. 착한 양반, 그렇지만 작전 중에 너무 초조해하지 마시고, 꿀주머니가 터지지 않도록 조심하시오. 그대가 꿀주머니를 덮어 쓰는 것은 싫소이다. 겨자씨 양반은 어디 있소?

겨자씨 여기 대령해 있습니다.

보텀 겨자씨 양반, 악수합시다. 제발 예를 차리지 마시오.

겨자씨 무슨 시키실 일이라도?

보텀 아니오, 단지 콩꽃 기사를 도와 머리를 긁어 주시오. 내 생각에 얼굴에 지나치게 털이 많은 것 같으니 이발소에 가야겠소. 나는 너무 예민한 당나귀라 머리털이 스치기만 해도 긁어야 한다오.

티타니아 내 사랑, 음악을 연주해 드릴까요?

보텀 내 귀는 음악에 꽤나 밝지요. 튕기는 소리와 타는 소리를 들어 봅시다.   (시골 음악이 흐른다)

티타니아 드시고 싶은 것이 있으면 말씀하세요.

보텀 여물 한 통이 먹고 싶소. 나는 잘 마른 밀기울을 우적우적 씹어 먹을 수 있다오. 건초 한 더미를 정말 먹고 싶군. 좋은 건초, 달달한 건초면 더할 것이 없지요.

티타니아 내게 모험을 좋아하는 요정이 있으니 그가 다람쥐 창고를 찾아서 새로운 너트를 가져다줄 거예요.

보텀 그보다는 한두 주먹의 마른 콩을 먹고 싶소. 부탁인데, 요정들더러 나를 방해하지 말라 해주시오. 내게 잠이 드러났소.[11]

티타니아 내 팔에 안겨서 주무세요.

요정들아, 멀리 물러가라.   (요정들 퇴장)

넝쿨손이 향기로운 인동덩굴을

사뿐히 감싸듯이, 암컷 담쟁이가

느릅나무의 거친 손가락을 둥글게 감싼답니다.

아, 내가 얼마나 그대를 사랑하는지! 얼마나 그대에게 빠

져 있는지!   (같이 잠든다)

퍽 등장.

오버론 (나오며) 잘 왔다, 로빈. 이 꼴이 근사하지 않느냐?

그녀의 어리석은 사랑이 이제는 측은해지는구나.

이 꼴사나운 멍청이에게 줄 사랑의 징표를 찾고 있는

그녀를 최근에 숲 뒤편에서 만나서

그녀에게 야단을 치고 다퉜었다.

이놈의 털복숭이 관자놀이에 신선하고 향기로운 꽃으로

만든 화관을 그녀가 씌워 주었고,

한때는 둥글고 반짝이는 진주처럼

꽃봉오리에 맺히곤 했던 이슬이

이제는 자신들의 치욕을 슬퍼하는 듯 눈물처럼

아름다운 작은 꽃망울 속에 서려 있었지.

내가 그녀를 실컷 비웃자

11 〈disposition〉을 〈exposition〉으로 잘못 말하여, 〈잠이 몰려왔소〉라고
말해야 할 것을 〈잠이 드러났소〉라고 한 것이다.

그녀는 조용하게 나보고 참으라고 했지.

그때 내가 그 업둥이 아이를 요구하자

바로 그를 내게 내주고 자신의 요정을 시켜 그 아이를

요정 나라에 있는 내 정자로 데려다주었지.

이제 그 아이를 내 손에 넣었으니 그녀의 눈이 가진

끔찍한 문제를 해결해 줘야겠다.

그러니 착한 퍽, 이 아테네 시골뜨기의 머리에서

이 변형된 머리 가죽을 벗겨 주어라.

다른 사람들처럼, 그도 깨어나면

다 함께 아테네로 돌아가서

오늘 밤의 이 모든 일들을

단지 꿈속에서 겪은 가혹한 고통으로 생각하겠지.

그보다 먼저 여왕의 마법을 풀어 줘야겠다.

(티타니아의 눈에 즙을 떨군다)

원래대로 돌아와서

보던 대로 보시오.

큐피드의 꽃보다 디아나의 꽃은

힘이 세고 복을 주지.

자, 티타니아, 사랑하는 나의 여왕이여, 일어나시오.

티타니아 (깨어나며) 오버론! 얼마나 진기한 환시였는지!

내가 당나귀와 사랑에 빠진 것 같았어요.

오버론 저기 당신 애인이 누워 있구려.

티타니아   어떻게 이런 일이?

이제 보니 저 얼굴이 참 끔찍하군요!

오버론 잠시 조용히 있으시오. 로빈, 저 머리를 벗겨라.
  티타니아, 음악을 울려서 이들 다섯 명의 인간들을
  더욱 깊은 잠에 빠지게 하시오.

티타니아 자, 음악을 울려라. 잠을 부르는 그런 음악 말이다.

(음악 소리)

퍽 (보텀의 당나귀 머리를 벗기며) 이제 깨어나거든 그 얼간
  이 눈으로 보아라.

오버론 음악을 울려라.   (음악이 바뀐다)

자, 여왕이여, 나와 손을 잡고
  이자들이 잠들어 있는 땅을 흔듭시다.

(오버론과 티타니아 춤춘다)

자, 이제 우리들이 새롭게 화해했으니
  내일 저녁 시시어스 공작의 집에서 장엄하게
  축제의 무도를 즐기고
  그 집안이 후대까지 번성하도록 축복을 내립시다.
  그곳에서 이들 두 쌍의 충실한 연인들도
  시시어스와 더불어 즐겁게 결혼식을 올릴 것이오.

퍽 요정들의 왕이시여, 귀 기울여 들어 보십시오.
  아침 종다리가 울고 있습니다.

오버론 그렇다면 여왕이여, 조용하게
  밤의 그늘을 찾아갑시다.
  우리는 방황하는 달보다 빠르게
  지구를 한 바퀴 돌 수 있잖소.

티타니아 자, 주인님, 날아가면서

내가 지난밤 땅 위에서 자고 있는
이 인간들과 함께 어떻게 해서 이곳에서
잠들게 되었는지 말해 주세요.

(오버론, 티타니아, 퍽 퇴장)

무대 안쪽에서 뿔나팔 소리. 시시어스가 이지어스,
히폴리타와 함께 시종들을 거느리고 등장.

시시어스   너희들 중 한 사람이 가서 산지기를 찾아오너라.
이제 5월제도 끝났고,
아직 이른 아침이니
내 사랑에게 사냥개의 음악 소리를 들려줘야지.
사냥개들을 서쪽 계곡에다 풀어놓아라.
빨리 가서 산지기를 찾아라.   (한 명 퇴장)
아름다운 부인, 우리들은 산꼭대기로 올라가서
사냥개들이 요란하게 짖어 대는 소리와
그 반향을 들어 봅시다.
히폴리타   한때 나는 헤라클레스와 테베의 왕 카드모스와 함께
사냥을 했는데, 크레타 숲속에서 그들이
스파르타 사냥개로 곰을 몰았지요. 나는 그렇게 용감하게
짖어 대는 소리는 들어 본 적이 없었답니다. 숲 말고도
하늘과 개울과 근방 온 지역이
다 같이 하나로 울리는 것 같았어요. 나는 그런 조화로운
불협화음, 그런 달콤한 천둥소리를 들어 본 적이 없었어요.

시시어스 내 사냥개들도 스파르타 종들이오.

턱이 길고 황갈색이며, 머리에서 길게 늘어져 있는 귀가

아침 이슬을 쓸고 다니지. 굽은 다리에,

테살리아의 황소처럼 목덜미가 축 늘어져 있소.

추격엔 느리지만, 마치 종처럼 짖는 소리가

서로 화음을 이룬다오. 크레타나 스파르타나 테살리아에서

어떤 무리도 이보다 더 조화롭게 뿔나팔 소리에 맞춰

짖어 대거나 소리쳤던 적이 없다오.

들으면 알 것이오. 그런데 가만있자, 이들은 무슨 요정이지?

이지어스 공작님, 여기 잠들어 있는 이는 제 딸입니다.

이자는 라이샌더이고, 이자는 디미트리어스입니다.

이 헬레나는 늙은 네다의 딸입니다.

어떻게 이곳에 이렇게 다 모였는지 모르겠습니다.

시시어스 틀림없이 5월제를 지키려고 아침 일찍

일어났다가, 짐의 뜻을 전해 듣고서

우리의 결혼식을 경축하려고 이곳으로 왔을 것이오.

그런데 이지어스, 바로 오늘이 허미아가

자신의 선택에 대한 답을 주기로 한 그날이 아니오?

이지어스 그렇습니다, 공작님.

시시어스 가서 사냥꾼들에게 나팔을 불어 이들을 깨우라고

하시오.   (시종 한 사람 퇴장)

　　　　　　(무대 안쪽에서 〈나팔을 불어라〉 하고 외치는 소리.

　　　　　　나팔 소리와 함께 연인들이 모두 화들짝 일어난다)

여보게들, 좋은 아침이네. 성 밸런타인 축일이 지났네.

이 산새들이 이제야 짝짓기를 시작한 건가?

라이샌더 공작님, 용서하십시오.   (연인들이 무릎을 꿇는다)

시시어스   다들 일어서게나.

                                                    (다들 일어선다)

(디미트리어스와 라이샌더에게) 자네 둘은 연적이지.

세상에 무슨 조화로

증오하는 자들이 서로 불신하지 않고

원수 곁에 자면서도 두려워하지 않는단 말인가?

라이샌더 공작님, 비몽사몽간에

어찌 대답해야 할지 어리둥절합니다만, 맹세코

저도 어떻게 이곳에 오게 되었는지 모르겠습니다.

하지만 정녕코 진실을 말씀드리자면

이제 어렴풋이 기억을 떠올려 보니

제 생각에 허미아와 함께 이곳에 온 것은 맞습니다.

저희의 목적은 아테네의 법망을 피해서

도망가는 것이었는데 ―

이지어스 공작님, 이 정도면 충분합니다, 충분해요.

법의 심판을 저자에게 내려 주소서.

디미트리어스, 저들은 도망치려고 했어.

너에게서는 마누라를, 나에게서는

딸년이 너의 아내가 되어도 좋다는 나의 승낙을

훔쳐 달아나려고 했던 거야.

디미트리어스 공작님, 아름다운 헬레나가 이 숲으로 이들이

몰래 도망하려고 한다는 사실을 제게 말해 주었습니다.

화가 나서 저는 이들을 따라 숲속으로 오게 되었고,
사랑에 빠진 헬레나가 저를 따라왔습니다.
그렇지만 공작님, 무슨 조화인지 몰라도,
무슨 조화임에는 틀림없지만, 허미아에 대한 제 사랑은
눈 녹듯이 녹았고, 어렸을 적에 푹 빠졌던
쓸데없는 장난감에 대한 기억처럼
이제는 아득합니다.
제 마음의 진실, 모든 충성,
제 눈의 즐거움의 대상은
헬레나뿐입니다. 공작님, 허미아를 만나기 전에
저는 그녀와 약혼했습니다.
병자처럼 이 음식을 싫어했습니다만
이제 나았으니 원래의 입맛으로 돌아왔습니다.
이제는 그 맛을 원하고 사랑하고 갈구하며
영원토록 거기에 충성하려고 합니다.

시시어스   젊은이들, 자네들은 운이 좋구려.
이 이야기는 곧 더 자세히 듣기로 하지.
이지어스, 나는 그대의 뜻을 거슬러서
짐과 같은 사원에서 짐과 나란히
이들 두 쌍을 영원히 맺어 주겠소.
이제 아침 시간이 꽤 지났으니
의도했던 사냥을 중지하겠소.
짐과 함께 다들 아테네로 갑시다. 세 명씩, 세 명씩
엄숙한 잔치를 열겠소.

자, 히폴리타, 갑시다.

　　(시시어스 공작이 히폴리타, 이지어스, 시종들과 더불어 퇴장)

디미트리어스　이번 일들은 구름과 맞닿은 먼 산처럼
조그맣고 아리송해 보이는군.

허미아　초점이 맞지 않은 눈으로 보는 것처럼
모든 것이 이중으로 보이는 것 같아요.

헬레나　나도 그래.
우연히 발견한 보석처럼 디미트리어스가
내 것인지 아닌지 모르겠어.

디미트리어스　　　　　　　우리가 확실히
깨어 있는 건가? 나는 아직 우리가
잠을 자며 꿈을 꾸고 있는 것 같군. 공작이 이곳에서
우리더러 따라오라고 한 것이 맞나?

허미아　그래요, 우리 아버지도 있었죠.

헬레나　　　　　　　　　　히폴리타도 있었죠.

라이샌더　공작이 우리더러 사원으로 따라오라고 명했소.

디미트리어스　그렇다면 이건 생시군. 다들 따라갑시다.
가는 길에 우리의 꿈 얘기를 되짚어 봅시다.

　　　　　　　　　　　　　　　(연인들 모두 퇴장)

보텀　(깨어나며) 내가 등장할 차례가 되어 나를 부르면 대답
하겠소. 나의 다음번 등장 신호는 〈더없이 사랑스러운
피라모스여〉이지. 히힝. 피터 퀸스는 어디 있소? 풀무
수선공 플루트는? 땜장이 스나우트는? 스타블링은? 하
느님, 맙소사! 나를 잠든 채 놔두고 다들 몰래 도망쳤단

말인가? 나는 정말 희한한 꿈을 꾸었지. 인간의 지식으로는 무슨 꿈인지 말할 수 없는 꿈을 꾸었지. 이 꿈을 설명하려고 하는 인간은 당나귀 같은 얼간이일 뿐이야. 내 생각에 나는 — 아니지, 그걸 꼭 찍어 말할 수 있는 사람은 없지. 내가 뭐였더라, 뭔가를 가졌던 것 같은데 — 그러나 내가 가졌던 뭔가를 설명하려고 하는 자는 고깔 옷을 입은 광대 놈에 불과하지. 내 꿈이 무엇이었는지 인간의 눈은 듣지 못했고, 인간의 귀는 보지 못했으며, 인간의 손은 맛볼 수 없으며, 인간의 혀는 생각할 수 없고, 인간의 심장은 전할 수도 없지. 피터 퀸스에게 이 꿈 얘기를 써달라고 해야지. 깊이를 알 수 없는 이야기이니 〈보텀의 꿈〉이라고 이름을 붙여 연극이 끝날 무렵에 공작 앞에서 노래로 불러야지. 아마도 더 근사하게 하려면 티스베가 죽을 때 그 노래를 부르는 것이 좋겠어. (퇴장)

제2장
(아테네)

퀸스, 플루트, 스나우트, 스타블링 등장.

퀸스 보텀의 집으로 사람을 보냈소? 집에 왔던가요?

스타블링 그에 대한 소문도 못 들었소. 틀림없이 요정들이 데려간 거요.

플루트   그가 오지 않으면 우리 연극은 망할 거요. 진행이 될
    수 없지, 그렇지?

퀸스   불가능하오. 그 말고 피라모스 역을 소화할 수 있는
    사람은 온 아테네에 한 사람도 없소.

플루트   그렇지, 그는 아테네의 장인들 중에서 최고로 재치
    있는 사람이오.

퀸스   맞소. 최고로 잘생겼지. 달콤한 목소리의 대단한 애인
    이오.

플루트   〈전형〉이라고 해야지. 맙소사, 애인은 부도덕한 것
    이오.[12]

가구장이 스너그 등장.

스너그   여보게들, 공작이 사원에서 오고 있소. 더군다나 두
    세 명의 처녀 총각들이 같이 결혼식을 올렸소. 우리의
    공연이 진행되었더라면 우린 한몫 잡았을 것이오.

플루트   오, 착한 보텀 녀석! 이렇게 하루에 6펜스를 벌 수 있
    는 일생일대의 기회를 놓치다니. 일당 6펜스를 놓칠 사
    람이 아닌데. 피라모스 역을 한 대가로 공작이 그에게
    6펜스를 주지 않는다면, 내 목을 걸지. 그는 그 정도는
    받을 만한 인물인데. 피라모스 역으로 하루에 6펜스, 그
    이하는 아니지.

12 〈애인〉을 뜻하는 〈*paramour*〉와 〈전형〉이라는 뜻의 〈*paragon*〉이 발
음이 비슷한 것을 이용한 언어유희이다.

보텀 등장.

보텀 다들 어디 있소? 녀석들이 다들 어디로 갔지?

퀸스 보텀! 오, 정말 멋진 날이군! 정말 운이 좋은 순간이야!

보텀 여보게들, 내가 놀라운 이야기를 해주겠소. 그러나 무엇이냐고 묻지는 말도록. 나는 절대로 말하지 않을 테니까. 일어난 그대로 모든 것을 말해 주겠소.

퀸스 그래, 들려주시오.

보텀 나에게서 한마디도 기대하지 마시오. 내가 말해 줄 것은 공작이 식사를 끝냈다는 것이 전부요. 다들 의상을 갖추고, 턱수염을 잘 붙이고, 얇은 신발에 새 리본을 다시오. 곧장 궁정에서 만납시다. 다들 자기 역할을 살펴보고. 요점은 우리의 연극이 뽑혔다는 것이지. 어떤 식으로든 티스베로 하여금 깨끗한 옷을 입으라 하고, 사자 역을 맡은 자에게 손톱을 자르지 말라 하시오. 사자의 발톱을 만지려고 구경꾼들이 몸을 내밀 거니까. 여보게들, 양파나 마늘은 먹지 마시오. 입 냄새가 향긋해야 하니까. 틀림없이 다들 우리 연극을 두고 향긋한 희극이라고 말할 거요. 이제 말은 그만하고 가십시다, 다들 가자고! (모두 퇴장)

제5막

제1장
(아테네. 시시어스의 궁전)

시시어스, 히폴리타, 필러스트레이트,
기타 귀족 및 시종들 등장.

히폴리타 시시어스, 이 연인들의 이야기는 참 희한하군요.
시시어스 거짓말처럼 신기하오. 이들 기괴한 옛날이야기나
요정들 이야기나 나는 다 믿을 수가 없소.
사랑하는 사람과 미친 사람은 다들 머리가 끓고,
차가운 이성으로 이해할 수 있는 것보다 더 많은 것들을
이해하는 상상력으로 가득하지.
미친 사람, 연인, 그리고 시인은
상상으로 가득 차 있다오.
거대한 지옥이 수용할 수 있는 이상의 악마를 보는 자,
그가 미친 사람이오. 미친 사람과 마찬가지로 연인에겐

비렁뱅이 여인도 절세미인으로 보인다오.
광기에 젖어 부라리는 시인의 눈은
하늘에서 땅으로, 땅에서 하늘로 구르며,
상상력이 미지의 사물에
형체를 구현함에 따라, 시인의 펜은
이들에게 모양을 갖춰 주고 공허한 것에다
거처와 이름을 부여하오.
강한 상상력은 그런 비결을 지니고 있어
어떤 즐거움을 상상만 해도
곧장 그 즐거움의 원천이 눈앞에 펼쳐진다오.
밤에 무서운 것을 상상하면
너무나 쉽게 숲이 곰으로 보이지!

히폴리타 지난밤의 이야기들을 들어 보고
그들의 마음이 다 같이 변화된 것을 보면
상상 이상의 것이 있는 것 같고
무엇인가 확실한 것이 있는 것 같아요.
그렇지만 어찌 되었건 참 요상하고 신기하군요.

라이샌더, 디미트리어스, 허미아, 헬레나 등장.

시시어스 기쁨과 행복감에 가득 찬 연인들이 왔군.
여보게들, 기쁨과 신선한 사랑의 날들이
그대들의 가슴에 함께하기를 기원하네.

라이샌더   저희보다 공작님의

산책길과 식탁과 침실에 함께하기를 빕니다.

시시어스 자, 저녁 식사를 마치고 잠자리에 들기까지

이 지루한 세 시간을 보내기 위해서

어떤 가면극, 어떤 무도를 즐기면 좋을까?

짐의 여흥 담당관은 어디 있소?

무슨 주연이 준비되었소? 고문하는 시간의

괴로움을 덜어 줄 공연이 없단 말이오?

필러스트레이트를 불러오시오.

필러스트레이트   여기 대령했습니다, 공작님.

시시어스 오늘 저녁을 위한 여흥이 무엇이오?

무슨 가면극, 무슨 음악이오? 오락거리가 아니라면

무슨 수로 이 더딘 밤 시간을 쫓아 보내겠소?

필러스트레이트 (종이를 건네며) 준비된 여흥의 목록입니다.

공작님께서 제일 먼저 보고 싶으신 것을 고르십시오.

시시어스 (읽는다) 〈하프 소리에 맞춰 아테네의 환관이 노래할

반인반수 센토와의 전쟁.〉

이건 아니고. 내 친척인 헤라클레스를 기념해서

그 이야기는 이미 내 사랑에게 내가 들려주었소.

〈광기에 사로잡혀 오르페우스를 찢어 죽이는

술에 취한 바쿠스 사제들의 난동.〉

이건 낡은 연극이고, 내가 테베에서 개선했을 때

공연되었던 것이오.

〈가난에 허덕이다 최근에 사망한 학문의

죽음을 애도하는 아홉 명의 뮤즈들.〉

이건 날카롭고 비판적인 풍자이니
결혼 축하와는 어울리지 않소.
〈젊은 피라모스와 그의 연인 티스베의 지루하고
짧은 연극. 매우 비극적인 희극.〉
희극인데 비극적이라고? 지루한데 짧다고?
이거야말로 뜨거운 얼음이며 희한하게 검은 눈[雪]이로군.
이 부조화 속의 조화를 한번 찾아볼까?

필러스트레이트   공작님, 약 열 마디 되는 연극이 준비됐는데,
제가 아는 한 가장 〈짧은〉 것에 속합니다.
그렇지만 그 열 마디가 너무 깁니다.
그래서 〈지루하다〉 한 것입니다. 전 작품에 걸쳐
적절한 단어가 하나도 없고, 배역도 하나도 맞지 않습니다.
피라모스가 극중에서 자살을 하니까
〈비극적〉이라고 한 것입니다, 공작님.
공연 연습에서 그 대목을 보고서, 말씀드리기 부끄럽지만
저도 눈물 지었습니다. 하지만 지금까지 그렇게 크게 웃어서
그보다 더한 즐거운 눈물을 흘린 적도 없었습니다.

시시어스   배우들이 어떤 사람들이오?

필러스트레이트   지금까지 머리 쓰는 일을 해본 적이 없는
이곳 아테네에서 일하는 손이 거친 자들인데,
공작님의 결혼식에 대비한 이 연극 준비로
사용한 적이 없는 자신들의 기억력을 혹사시켰습니다.

시시어스   그렇다면 어디 들어 봅시다.

필러스트레이트   아닙니다, 공작님,

공작님껜 어울리지 않습니다. 제가 수없이 들어 봤는데,

공작님을 기쁘게 해드린다고 힘들게 암기하고

극도로 고생한 그들의 노력을

재미있게 봐주시지 않는다면,

이건 정말 세상에 둘도 없는 엉터리입니다.

시시어스   이 연극을 듣겠다.

소박하고 충성스러운 마음으로 하는 것이라면

아무것도 잘못될 것이 없지.

가서 배우들을 데려오시오. 자, 부인네들, 자리를 잡으시오.

                                        (필러스트레이트 퇴장)

히폴리타 아랫사람들이 지나친 부담을 떠안는 것도,

충성심을 다하다 죽게 되는 것도 저는 보고 싶지 않습니다.

시시어스 여보, 그런 일은 없을 것이오.

히폴리타 연극 경험이 없는 자들이라고 하지 않습니까.

시시어스 하찮은 일에 고마움을 표시하면 더욱 친절을 베푸
는 셈이오.

그들의 실수를 받아들여 주는 것도 우리의 즐거움이고,

마음만 앞선 충성심을 결과가 아니라 그 의도를 높이 사

관대하게 받아 주는 것도 우리 몫이오.

내가 개선했을 때 위대한 학자들이 미리 준비한

환영식으로 나를 환대할 작정이었소.

막상 식장에서 이들은 몸을 떨고 얼굴이 창백해져서

이야기 중간에 말을 그치고,

겁에 질려서 연습했던 말이 막히고

결국은 말없이 끝나 버려
환영식이 치러지지 않았소. 그렇지만 여보, 정말이지
이 침묵 속에서 나는 환대를 발견했고,
겁에 질린 이들의 충성심의 표현이
나에게는 재잘거리는 혀만큼이나
화려하고 대담한 웅변으로 다가왔소.
그러니 여보, 어눌한 순박함이
내 판단으로는 말수는 적지만 최고의 웅변이오.

필러스트레이트 등장.

필러스트레이트 공작님, 서두의 해설자가 준비되었습니다.
시시어스 들어오라 하시오.

나팔 소리가 울리고 서두 해설자로 퀸스 등장.

퀸스 (서두로) 혹시 우리가 여러분들을 언짢게 해드린다면,
   그것은 선의에서 그리된 것입니다.
   우리는 언짢게 해드리려고 온 것이 아니라, 선의로 왔다는
   점을 생각해 주시기 바랍니다. 우리의 소박한 재주를
   보여 드리는 것이 우리 목적의 진정한 시작입니다.
   그러니 우린 단지 악의를 가지고 왔음을 고려해 주십시오.
   여러분들을 만족시켜 드리는 것이 우리들의 진정한 의도가
   아닙니다. 여러분들을 단지 즐겁게 하려고 우리가 이곳에

온 것이 아닙니다. 여러분들이 이곳에 오신 걸 후회하게 할 준비가 배우들은 되어 있습니다. 배우들의 연극으로 여러분들은 아시고자 하는 것을 다 아시게 될 것입니다.[13]

시시어스 이 친구는 구두점을 지키지 않는군.

라이샌더 그는 멈출 줄을 모르는 길들이지 않은 망아지처럼 서두를 질주했군요. 좋은 교훈이죠, 공작님. 입만 벌리는 것이 다가 아니라 진실을 말하는 것이 중요하지요.

히폴리타 맞아요. 그는 리코더를 소리만 내었지 다룰 줄 모르는 아이처럼 서두를 가지고 놀았어요.

시시어스 그의 말은 헝클어진 쇠줄 같아서, 전혀 손상되지는 않았지만 온통 뒤죽박죽이었소. 다음은 누구 차례지?

나팔수를 앞세우고 피라모스 역의 보텀,

티스베 역의 플루트, 벽 역할의 스나우트,

달빛 역의 스타블링, 사자 역의 스너그 등장.

퀸스 (서두로) 양반님들, 어쩌면 여러분들은 이 연극에 놀라실 겁니다.

그렇지만 진실로 인해 모든 것이 드러날 때까지 계속 놀라십시오.

여기 이 사람은 피라모스입니다, 알고 싶으시다면요.

이 아름다운 여인은 물론 티스베입니다.

---

13 여기서 퀸스의 대사는 구두점이 잘못 찍혀 문장을 잘못 끊어 읽게 됨으로써 의미가 왜곡되어 웃음을 자아내고 있다.

석회와 흙칠을 한 이 사람은 연인들을 갈라놓는
사악한 벽 역할입니다.
불쌍한 연인들은 벽 사이의 틈을 통해 속삭이는 것으로
만족해야 하지요. 거기에 대해선 놀라지 마십시오.
등불, 개, 가시덤불을 가진 이 사람은
달빛 역할입니다. 알려 드리자면,
이 연인들은 달빛 가운데 니노스의 무덤에서 만나며
거기서 구애하는 일을 부끄럽게 생각하지 않습니다.
이름이 사자라 불리는 이 무시무시한 동물은
약속을 지키려 밤에 먼저 나온 티스베를
쫓아 버렸, 아니 놀라게 만들었습니다.
그녀가 도망할 때 그녀의 망토가 떨어졌는데,
그 사악한 사자가 이것을 피 묻은 입으로 물어뜯었습니다.
상냥하고 용감한 젊은이 피라모스가 곧이어 도착해서
자신의 충실한 티스베의 망토가 찢겨 있음을 알게 됩니다.
이에 그는 피 묻은 빌어먹을 칼로
자신의 피 끓는 가슴을 대담하게 찔렀습니다.
뽕나무 그늘에서 기다리던 티스베는
그의 단검을 빼들어 죽었습니다. 나머지 이야기는
사자, 달빛, 벽, 그리고 두 명의 연인들이 여기 있는 동안
자세하게 말해 줄 것입니다.

(벽 역할의 스나우트만 남기고 모든 배우들 퇴장)

시시어스 사자가 말을 할지 궁금하구나.

디미트리어스 놀라운 일이 아닙니다, 공작님. 수많은 당나귀

들이 말을 하는 마당에 사자 한 마리쯤이야.

스나우트 (벽으로) 이 막간극에서 나 스나우트가 벽 역할을
우연히도 맞게 되었습니다.

그 벽에 갈라진 틈, 혹은 구멍이 있다고

생각해 주시기 바랍니다.

그 틈새로 연인들인 피라모스와 티스베는

빈번하고 매우 은밀하게 속삭였습니다.

이 흰 반죽, 이 흙칠, 그리고 이 돌이 제가 바로

그 벽임을 나타냅니다. 사실이 그렇습니다.

오른편과 왼편의 이 틈새가 가슴 졸이는 연인들이

속삭이는 곳입니다.

시시어스 털을 섞은 회반죽이 이보다 더 말을 잘할 수가 있
겠소?

디미트리어스 제가 들어 본 중에서 가장 똑똑한 벽입니다,
공작님.

피라모스 역의 보텀 등장.

시시어스 피라모스가 벽 가까이 왔다. 다들 조용!

보텀 (피라모스로) 아, 어두운 밤이여, 아, 칠흑 같은 밤이여,

아, 낮이 가면 항상 오는 밤이여,

아, 밤이여, 밤이여, 아이고, 아이고, 아이고,

티스베가 약속을 잊었을까 걱정이구나.

그대, 아, 벽이여, 아, 달콤하고 사랑스러운 벽이여,

그녀의 집과 우리 집 사이에 서 있는 벽이여,

달콤하고 사랑스러운 아, 그대, 아, 벽이여,

내 눈으로 깜빡 볼 수 있도록 그대 구멍을 보여 주시오.

                    (벽이 손가락을 벌려 구멍을 보여 준다)

점잖은 벽이여, 고맙소. 주피터 신의 가호가 있기를.

무슨 일이지? 티스베가 안 보이는군.

내 사랑을 볼 수 없게 하는, 아, 사악한 벽이여,

이처럼 나를 속인 대가로 너의 벽돌에[14] 저주가 내릴 것이다!

시시어스   내 생각엔, 벽도 감정이 있는 것 같으니 저주로 응
대하겠군.

보텀   (시시어스에게) 아닙니다, 공작님, 그렇지 않습니다.
〈나를 속인〉이란 대사 다음은 티스베가 나올 차례입니
다. 이제 그녀가 등장하고, 저는 벽을 통해서 그녀를 볼
것입니다. 말씀드린 대로 딱 맞아떨어질 것입니다. 저기
오네요.

티스베 역의 플루트 등장.

플루트   (티스베로) 아, 벽이여, 나의 사랑 피라모스와 내 사
이를 갈라놓는 대가로

너는 참 자주도 나의 한탄을 들어왔구나.

내 붉은 입술은 털 섞인 회반죽으로 쌓인 그대 벽돌에

무던히도 입을 맞췄지.

14 〈불알에〉란 번역도 가능하다. 영어로는 〈stones〉이다.

보텀 (피라모스로) 목소리가 보이는군. 이제 구멍으로 가서 티스베의 얼굴을 들을 수 있는지 봐야겠다.

티스베!

플루트 (티스베로) 내 사랑! 내 애인이 맞는 것 같아.

보텀 (피라모스로) 그대가 어떻게 생각하든 나는 그대의 사랑스러운 애인이고,

리만더처럼[15] 항상 충실한 사람이오.

플루트 (티스베로) 내 운명이 다하기 전까지 나는 헬렌[16] 같은 여자랍니다.

보텀 (피라모스로) 샤팔루스도 프로크루스에게[17] 나만큼 충실하진 못했소.

플루트 (티스베로) 샤팔루스가 프로크루스에게 그랬던 것처럼 나도 그대에게.

보텀 (피라모스로) 아, 이 사악한 벽의 구멍을 통해 내게 키스해 주시오!

플루트 (티스베로) 내가 입 맞추는 것은 그대 입술이 아니라 벽의 구멍이군요.

보텀 (피라모스로) 니니의 무덤에서 우리 곧장 만나겠소?

플루트 (티스베로) 죽든 살든 지체 없이 가겠어요.

---

15 그리스 로마 신화에 등장하는 여사제 헤로의 연인인 리안더(레안드로스)를 잘못 말한 것이다.

16 레안드로스의 연인인 헤로를 헬렌으로 혼동하고 있는 듯하다.

17 케팔로스와 프로크리스를 잘못 말한 것이다. 신화에 따르면, 새벽의 여신 오로라에게 납치당한 청년 케팔로스는 끝까지 자신의 정조를 지키다가 아내 프로크리스에게 되돌아갔다.

(보텀과 티스베 각각 따로 퇴장)

스나우트 (벽으로) 벽으로서 나의 역할은 이렇게 완수했구나.
  임무를 마쳤으니 벽은 이제 퇴장합니다.   (퇴장)

시시어스 이제 두 이웃 간의 벽이 무너져 내렸구려.

디미트리어스 벽들이 부모들에게 알리지도 않고 엿듣겠다고
  고집을 부리니 어쩔 수가 없습니다.

히폴리타 내가 들어 본 것 중에서 가장 엉터리인 연극이로군요.

시시어스 이런 종류의 것 중에서 최고도 그림자에 불과하고,
  최악의 것도 상상력이 수정을 가한다면 쓸 만하다오.

히폴리타 저들의 상상력이 아니라 당신의 상상력이겠죠.

시시어스 저들 배우들이 스스로를 생각하는 만큼 우리들이 그
  들을 상상한다면 저들도 훌륭한 배우로 통할 수 있을 거
  요. 이제 두 고상한 짐승들이 등장하는군. 하나는 사람
  이고, 다른 하나는 사자로.

사자 역의 스너그와 등불, 가시덤불,

개를 가진 스타블링이 달빛 역으로 등장.

스너그 (사자로) 마루에 기어다니는 흉측한 생쥐만 봐도
  겁을 내는 점잖은 부인들이시여,
  거친 사자가 분노하여 사정없이 포효하면
  아마도 여러분들은 사지를 벌벌 떨 것입니다.
  그렇다면 가구장이인 저 스너그가
  잔인한 사자 역을 맡고 있을 뿐임을 알아 두세요. 사자의

어미도 뭣도 아니랍니다.

사자로서 제가 이곳에서 포악을 부린다면

정말이지 제 목숨을 앗아 가세요.

시시어스 매우 양심적이고 정말로 예의 바른 동물이군.

디미트리어스 공작님, 제가 본 것 중에서 동물로는 정말 최고입니다.

라이샌더 이 사자는 용기에 있어서는 여우 같군요.

시시어스 맞는 말이오. 지혜에 있어서는 거위 같고.

디미트리어스 그렇지 않습니다, 공작님. 그의 용기는 그의 지혜를 따르지 못하는 반면, 여우는 거위를 잡아가니까요.

시시어스 내가 볼 땐 그의 지혜가 그의 용기를 따를 수 없는 게 분명하오. 거위가 여우를 잡아갈 수는 없으니까. 좋소, 이 논쟁은 그의 지혜에 맡기고 달의 얘기를 들어 봅시다.

스타블링 (달빛으로) 이 등잔은 뿔 모양의 달을 나타냅니다.

디미트리어스 자기 머리에다 그 뿔을 달았어야지.[18]

시시어스 그는 초승달이 아닐뿐더러, 뿔이 둥근 원 안에 있어서 보이지도 않는구려.[19]

스타블링 (달빛으로) 이 등잔은 뿔 난 달을 나타내고,

저는 달 속에 있는 사람처럼 보이는데 —

시시어스 이거야말로 그중 최고의 실수요. 저자를 등잔 속에다 집어넣어야 했소. 안 그러면 어떻게 달 속에 있는

18 이마에 뿔이 났다는 것은 오쟁이 진 남편이라는 것을 의미한다.
19 성행위에 대한 암시이다.

사람이 되겠소?

디미트리어스 촛불이 겁나서 그는 감히 등잔 가까이 오지도 못합니다. 보세요, 벌써 촛불이 타고 있어요.

히폴리타 나는 이 달이 지겨워요. 이제 바뀌었으면 좋겠어요.

시시어스 조그만 등불만 한 지혜밖에 없는 것으로 보아 곧 기울 것 같소. 그렇지만 예의상 때를 기다리는 것이 합당한 것 같군.

라이샌더 달빛이여, 계속하라.

스타블링 (달빛으로) 제가 말씀드릴 것은 이 등잔은 달이고, 저는 달 속에 있는 사람이고, 이 가시덤불은 제 가시덤불이고, 이 개는 제 개라는 사실입니다.

디미트리어스 그렇다면 이것들을 모두 등잔에다 집어넣어야지, 다들 달 속에 있으니까. 그러나 쉿, 티스베 등장이오.

티스베 역할의 플루트 등장.

플루트 (티스베로) 여기가 늙은 니니의 무덤이군. 내 애인은 어디 있지?

스너그 (사자로) 어흥!

(사자가 으르렁거리자, 티스베가 망토를 떨어뜨리고 달아난다)

디미트리어스 잘했어, 사자야.

시시어스 잘 도망쳤다, 티스베.

히폴리타 잘했다, 달빛. 정말이지 달빛은 은은하게 빛나는군.

(사자가 티스베의 망토를 물어뜯는다)

시시어스 　잘 가지고 노는구나, 사자야.

디미트리어스 　이때 피라모스가 왔군요.

　　　　　　피라모스 역할의 보텀 등장.

라이샌더 　그러자 사자가 사라졌죠. 　　　　　　(사자 퇴장)

보텀 　(피라모스로) 달콤한 달님이여, 환한 빛을 주어 고맙소.
　이렇게 훤하게 비춰 주니 고맙소.
　그대의 아름답게 번쩍이는 황금빛 광선 덕분에
　가장 진실한 티스베를 볼 수 있게 되었소.
　　　　그러나 잠깐, 이 무슨 운명의 장난인가!
　　　　가련한 기사여, 보아라.
　　　　이 무슨 끔찍한 광경인가?
　　　　꿈인가 현실인가?
　　　　어떻게 이런 일이 있을 수 있단 말인가?
　　　　오 소중한 내 사랑, 아 내 사랑!
　　　　그대의 선한 망토는
　　　　피로 물들었단 말인가?
　　　　너 잔인한 복수의 여신들아, 오너라!
　　　　아, 운명의 여신들이여, 이리 와서
　　　　운명의 실들을 다 잘라 버려라.
　　　　파괴하고, 짓밟고, 끝장내고, 짓이겨 버려라!

시시어스 　이런 슬픔의 표시와 사랑하는 애인의 죽음은 사람
　을 슬퍼 보이게 하는 법이지만, 이건 아니오.

히폴리타 맙소사, 저 사람이 가엾어요.

보텀 (피라모스로) 오, 자연이여, 그대는 어째서

사악한 사자를 만들어 내 꽃다운 여인을 앗아 간 것이오?

그녀는 살고, 사랑하고, 좋아하고, 쾌활한 표정을 지었던

가장 아름다운 여인이오, 아니지, 〈이오〉가 아니라 〈이었소〉.

자, 눈물이여, 쏟아져라.

빼든 칼아, 피라모스의

심장을 갈라라.

그래, 심장이 뛰고 있는

그 왼쪽 젖가슴을.

이렇게 나는 죽는구나, 이렇게, 이렇게, 이렇게.

(자신을 칼로 찌른다)

이제 나는 죽었구나,

이제 세상을 하직하고

내 영혼은 하늘로 올랐구나.

혀여, 너의 빛을 잃어라.

달빛이여, 너의 역할을 끝내라.   (달빛 퇴장)

이제 죽어라, 죽어, 죽어, 죽어, 죽어.   (죽는다)

디미트리어스 단지 한 사람이니, 주사위 전부가 아니라 한

면뿐이지.[20]

라이샌더 이제 죽었으니 한 면도 아니지. 이제 그는 꽝이오.

시시어스 의사의 도움으로 살아나서 여전히 당나귀 같은 바

보로 남을 것이오.

20 〈죽다〉와 〈주사위〉를 뜻하는 영어 〈die〉를 이용한 말장난이다.

히폴리타 티스베가 돌아와서 자기 애인을 발견하기도 전에 어쩌다가 달빛이 퇴장해 버렸죠?

시시어스 별빛으로 애인을 찾게 될 것이오.

티스베 역의 플루트 등장.

마침 여기 왔군. 그녀의 고통에 찬 대사로 연극이 끝나는군.

히폴리타 내 생각에 그런 피라모스를 위해 긴 대사는 필요 없을 것 같아요. 그녀가 짧게 했으면 해요.

디미트리어스 정말이지 피라모스가 남자 역을 더 잘하느냐, 맙소사, 티스베가 여자 역을 더 잘하느냐 하는 문제는 막상막하로군요.

라이샌더 그 사랑스러운 눈으로 그녀는 이미 그를 보았어요.

디미트리어스 그래서 보시다시피 이렇게 울부짖죠.

플루트 (티스베로) 잠들었나요, 내 사랑?
아니, 나의 비둘기여, 죽었단 말인가요?
오 피라모스, 일어나세요.
말을 하세요, 말을. 벙어리란 말인가요?
죽었나요, 죽었어? 그대의 고운 눈이
무덤 속에 묻혀야 하다니.
이 백합 같은 입술들,
이 체리 같은 코,
이 노란 앵초 같은 뺨이
사라졌단 말입니까.

연인들이여, 슬퍼하시오.

그의 눈은 부추처럼 푸르렀소.

오, 운명의 여신들이여,

우유처럼 흰 손을 가지고

내게로 오시오, 어서.

그대들이 그의 비단 같은 목숨 줄을

가위로 잘랐으니

그 손을 피로 물들이시오.

혀 너는 가만히 있어라.

자, 믿음직한 칼이여,

너의 칼날로 내 가슴을 피로 적셔라!

(자신을 칼로 찌른다)

잘 있어라, 친구들이여,

티스베는 이렇게 하직을 고하오.

안녕, 안녕, 안녕.　　　　　　　　　(죽는다)

시시어스　죽은 자들을 묻어 주기 위해서 달빛과 사자가 남았군.

디미트리어스　맞습니다, 벽도 남았군요.

보텀　아닙니다, 장담하지만 연인들의 부모들을 갈라놓았던 벽은 허물어졌습니다. 에필로그를 보시겠습니까, 아니면 우리들 중 두 명이서 추는 시골 춤을 들어 보시겠습니까?　　　　　　　　(보텀과 플루트 일어선다)

시시어스　에필로그는 되었소. 그대들의 연극은 변명이 필요치 않소. 변명은 필요 없소. 배우들이 다 죽은 마당에 비

난받을 사람도 필요 없게 되었소. 정말이지 극작가가 피
라모스 역할을 하고 티스베의 허리띠로 목매달아 죽었
더라면 훌륭한 비극이 될 뻔했소. 그렇지만 이대로도 정
말 훌륭하게 해냈소. 자, 이제 그대들의 춤을 보여 주시
오. 에필로그는 사양하오.

(보텀과 플루트가 시골 춤을 추고서 퇴장)

한밤중의 종소리가 12시를 알렸소.
연인들이여, 이제 잠자리에 드시오. 요정들이 나올 시간이오.
오늘 저녁 늦게까지 깨어 있었으니 다들
내일 아침에는 늦잠을 자게 될 것 같소.
이 엉망진창의 연극으로 인해 무거운 밤의 발걸음이
참으로 가벼워졌소이다. 친구들이여, 다들 자리에 드시오.
2주 동안 축제를 열 것이니
밤마다 새로운 오락거리를 즐깁시다.   (퇴장)

빗자루를 든 퍽 등장.

퍽   이제 배고픈 사자는 으르렁거리고
         늑대는 달을 보고 울부짖는 시간이군.
         힘든 일에 기진맥진한
         지친 농부는 코를 골고 자는구나.
         이제 불붙은 장작들은 타오르고
         소리 내어 우는 올빼미는
         시름에 잠겨 누워 있는 환자에게

제5막 제1장 **125**

수의를 상기시키는구나.
지금은 아가리를 크게 벌린 무덤들이
망령들을 토해 내서
교회 무덤 길목에서 쏘다니게 하는
한밤중의 시간.
삼계의 여왕, 헤카테의 마차를 끄는 용들과 나란히
달리는 우리 요정들은 이제
태양빛을 벗어나서
꿈처럼 어둠을 뒤쫓으며
희희낙락거리네. 생쥐 한 마리
이 신성한 집을 방해하지 말지어다.
문간 뒤를 쓸기 위해
빗자루를 들고 내가 먼저 왔다네.

요정들의 왕 오버론과 여왕 티타니아가
시종들을 모두 데리고 등장.

오버론 이 집 도처에 은은한 빛을 비춰 주자.
희미하게 꺼져 가는 불가에서
요정과 정령들은 모두
덤불을 나온 새처럼 가볍게 춤추고
나를 따라 이 노래를 부르고
경쾌하게 춤추어라.

티타니아 먼저 낱말마다 읊조리는 곡조를 붙여

당신이 외우고 있는 노래를 낭송해 주세요.
요정답게 우아하게 손을 맞잡고
우리는 노래하며 이 집안을 축복할 것입니다.

(노래와 춤)

오버론 이제 동이 틀 때까지
요정들은 이 집 안을 샅샅이 뒤져라.
최고의 신랑 신방으로 가서
그곳에 축복을 내리자.
거기서 태어난 자손은
영원히 복될 것이다.
이들 세 쌍은
영원히 변치 않고 사랑할 것이며,
자연의 오점이
그들의 자손에게 머물지 않기를.
사마귀, 언청이, 흉터,
태어날 때 경멸당하는
그런 흉측한 자국들이
이들 자식들에게는 남지 않기를.
요정들은 각자 이 들판의 성스러운
이슬을 가지고 각자의 길을 가서
이 궁전 곳곳에 달콤한 평화가 깃들도록
방마다 축복을 내리도록 해라.
복 받은 그 방의 주인은
영원히 안식할 것이다.

지체 말고 흩어졌다가

동이 트거든 다들 나에게 돌아오너라.

(퍽만 남고 모두 퇴장)

퍽 혹 우리 그림자들로 인해 기분이 언짢으셨다면,

이들 꿈이 무대에 올려지는 동안

단지 이곳에서 깜빡 잠드셨던 것이라고만

생각하시면 모든 것이 해결됩니다.

양반님들, 단지 꿈에 불과한

이 나약하고 실없는 이야기를

꾸짖지 마시기 바랍니다.

용서해 주신다면 앞으로 고쳐 나가도록 하겠습니다.

제 명예를 걸고 말씀드리지만,

만일 여러분들의 찬사를 얻지 못했다면

이제 여러분들의 조소를 피하기 위해

머지않아 개선된 모습을 보여 드리겠습니다.

안 그러면 저를 거짓말쟁이라고 부르셔도 좋습니다.

자 그럼, 모두 안녕히 가십시오.

여러분들이 친절하게 박수를 보내 주신다면

로빈이 그 보답으로 만족을 드리도록 하겠습니다.

(퇴장)

상상 속 부조화의 조화: 「한여름 밤의 꿈」

    윌리엄 셰익스피어의 낭만 희극 「한여름 밤의 꿈」은 「로미오와 줄리엣」, 「리처드 2세」 등과 함께 1590년대 중반의 작품이다. 이 작품은 자연계와 인간 세상, 요정과 인간들, 숲과 도시, 황홀한 꿈과 악몽 등이 서로 날실과 올실로 엉켜 있어 정교한 짜임을 보이는 직조물 같은 텍스트이다. 실제로 작품에서 직조공인 보텀의 입을 통해서 셰익스피어가 꿈과 연극의 관계를 제시하고 있는 것은 우연이 아니다. 제목이 시사하고 있는 〈여름밤〉과 〈꿈〉이라는 두 개의 주제어들을 서로 연결하는 직조공으로서의 작가의 모습을 셰익스피어는 보텀의 우스꽝스러운 모습에 투영시켜 놓았다.

    우선 이 희극의 세계를 지배하는 것은 밤, 그것도 낮이 가장 길고 밤이 가장 짧은 한여름 밤, 즉 하지 저녁이다. 하지는 영국의 경우 6월 23일경에 해당하는데, 셰익스피어는 이러한 계절 축제들을 자신의 희극에 지속적으로 반영하고 있다. 「열두 번째 밤」의 제목인 열두 번째 밤은 크리스마스 축제일의 마지막 날에 해당하는 1월 6일을 지칭하는데, 크게 보면 신년 축하극의 성격을 지닌다. 「베로나의 두 신사」 같은 초기 희극의 경우 동물들이 겨울잠에서 벗어나 짝짓기를 시작하는 2월의 성 밸런타인 축일을 그 배경으로 두고 있는데, 실제로 작품의 등장인물인 밸런타인을 통해 연인들이 사랑을 고백한다. 후기 로맨스극 「겨울 이야기」는 이미 그 제목 자체로, 하지와 짝을 이뤄 이번에는 낮이 가장 짧고 밤이 가장 긴 동짓날, 그 지루하고 긴 겨울밤을 옛이야기로 보내는 노파들이 등장하는 작품의 성격을 암시한다. 이처럼 셰익스피어는 기독교 문화 속에 스며든 전통 농촌 사회의 계절 축제의 잔재들을 자신의 희극이나 비희극 속에 여전히 존속시키고 있다. 이 점은 그가 비록 문자 문화로 들어선 상업 사회의 일원이며, 이를 적극적으로 이용하는 직업 작가였음에도 여전히 구전 문화 전통에 뿌리박고 있어 분석적인 눈과 종합적인 귀를 동시에 사용하는 다층적인 층위와 다성성을 지니고 있었음을 보여 준다. 「한여름 밤의 꿈」에서 아테네의 공작인 시시어스가 직공들인 퀸스 일파가 준비한 연극을 보는 것이 아니라 〈듣는다〉라고 계속해서 말하는 것은 주목할 만하다. 그의 이런 표현은 보텀의 〈귀로 보고, 눈으로 듣는다〉는 공감각적인 표현과 맞닿아 있는 것으로, 일상적인 현실을 뛰어넘어 상상의 기능으로 복합적인 인간 경험 세계를 분화하고 범주화하는 당대의 사회적 현실을 부정하고 넘어서려는 셰익스피어의 통합적 상상력의 발현이라 볼 수 있을 것이다.

제목의 〈한여름 밤〉이 6월 이른 하순의 하짓날을 구체적으로 지칭하고 있지만, 실제로 작품 내용을 보면 하지보다는

봄놀이를 즐기는 상춘제, 즉 5월 1일의 축제일이 더욱 부각
되고 있다. 결혼식 날 이른 아침에 시시어스는 자신이 포로
로 데려와 결혼하려고 계획하고 있는 아마존 부족의 여왕 히
폴리타와 함께 아테네 근처 숲속으로 사냥을 나왔다가 잠들
어 있는 두 쌍의 아테네 연인들을 발견하고서, 이들이 모두 5
월 봄 축제를 즐기려고 숲으로 나왔다가 잠들었다고 말한
다. 다시 말해서 셰익스피어는 「한여름 밤의 꿈」에서 전원의
자유로움을 만끽하는 5월제를 하지와 한데 묶어, 연인들의
짝짓기와 여름날 저녁의 꿈이 도시의 구속과 도덕률에서 벗
어난 자유의 영역인 깊은 숲속, 그것도 낮이 아니라 밤 시간
의 숲속에서 가능함을 보여 준다. 축제일이 시간적으로 일상
성에서 벗어난 일탈과 자유의 시간이라면, 어두운 숲속은 공
간적으로 햇빛이라는 도덕적 검열과 감시의 눈을 벗어나서
그늘, 그림자, 달빛이 수반하는 본능적인 충동이 스멀스멀
올라오는 해방의 공간이다. 이 해방의 공간은 일상적인 삶,
노동으로부터의 일시적인 탈피를 의미하며, 이 공간은 곧 연
극의 무대, 공연으로 이어진다. 셰익스피어 시대에 그가 속
했던 상업 극단들은 런던 시내를 벗어나서 템스 강변에 자리
한 소위 〈자유 지역〉에 위치했으며, 이곳의 연극 무대는 도회
적 현실과는 일정하게 물리적 거리를 유지하고 있던 만큼,
그 물리적 거리가 동시에 도덕적 해이를 일정 부분 용인하는
자유로운 공간이었다. 그런 만큼 상대적으로 런던 시장의 직
접적인 관할 통치권에서 비켜서 있던 공간이기도 했다. 사랑
하는 여인 허미아와의 결혼 승낙을 얻지 못하는 라이샌더가

시시어스 공작이 대변하는 아테네의 법률과 허미아의 아버지 이지어스가 대표하는 가부장 제도의 억압을 피해 도망치는 아테네 근교의 숲속은, 셰익스피어의 극장이 자리 잡고 있던 런던 외곽의 자유 지역과 다르지 않다. 이 자유로운 공간의 무대는 현실을 그대로 끌어다 옮겨 놓은 것이 아니라 그 현실의 모상, 즉 그림자를 재현하는 곳이었으며, 그것을 실연하는 배우들은 주어진 역할을 구체화한 〈그림자〉로서의 배우였다. 셰익스피어는 저 멀리 고전적인 아테네를 작품의 배경으로 삼고 있지만, 사실은 자신이 살고 있던 런던과 그 극장 이야기를 「한여름 밤의 꿈」에서 보여 주고 있다. 물론 꿈이 현실의 뒤틀린 반영이듯이 셰익스피어의 상상 역시 일정 부분 과거의 문학적 전통과 전해진 이야기들에 의해 영향과 제약을 받으며, 그의 자유 공간 역시 완전히 검열에서 자유로운 해방구는 아니었다.

달콤한 꿈이든 끔찍한 악몽이든 꿈을 연극의 다른 이름으로 사용하는 것은 동서양을 막론하고 다소 진부한 관습이다. 셰익스피어는 「말괄량이 길들이기」에서 연극을 꿈과 동일시하는 모습을 보여 준다. 이 작품 역시 술주정꾼 크리스토퍼 슬라이가 술 취해서 자고 있는 동안 한 편의 연극을 본 듯한 격자 구조를 가지고 있다. 장자의 나비 꿈처럼 꿈이 더 현실 같은지, 현실이 더 꿈같은지 구분이 확실하지 않은 그 경계선에 있는 이중적인 경험이 문학적인 경험 세계라고 말할 수 있다면, 「한여름 밤의 꿈」은 답답한 집 안을 벗어나 툭 트인 바깥세상에서 잠을 이루는 여름밤의 꿈 이야기일 것이라고 예상이 된다. 그러나 정작 작품에서 다뤄지는 꿈은 허미아의 악몽과 보텀의 희한한, 그런 만큼 더 황홀한 환시가 전부이다. 다 같이 숲속에서 잠든다고 모두가 꿈을 꾸는 것은 아니다.

허미아는 친구인 헬레나에 비해서 얼굴색이 가무잡잡하고 키가 작은 여성이다. 그녀는 데스데모나처럼 어머니 없이 아버지의 보살핌 아래 있는 외동딸이자 집안의 상속인이다. 아버지 이지어스는 로미오보다는 패리스 백작을 사위로 원하는 줄리엣의 부모들처럼, 딸이 원하는 라이샌더보다 디미트리어스를 사위로 원한다. 디미트리어스는 이미 네다의 딸 헬레나와 약혼한 사이임에도 불구하고 헬레나보다 허미아와 결혼하기를 원하는데, 작품에서 구체적으로 드러나지는 않지만 이지어스가 네다보다 아테네에서 재력과 가세가 월등하기 때문이라고 추측할 수 있다. 실제로 작품에서 헬레나의 아버지 네다는 두 번 언급되는 것이 전부이고, 작품에 전혀 등장하지 않는다. 극의 복잡한 전개를 위해서라면 네다 역시 딸과의 약혼을 저버린 죄로 디미트리어스에 대해서 시시어스에게 아테네의 국법을 적용해 달라고 호소할 수 있는 여지가 충분한데도, 셰익스피어는 이런 복합적인 갈등의 전개를 희극적인 결말을 위해 단순화시키고 있다.

나흘이 지나서도 허미아가 아버지의 명령을 어기고 라이샌더와 결혼하려고 고집을 부린다면 그녀는 아테네의 국법에 따라 사형에 처해지든지, 아니면 평생 인간 세상과 등지고 수녀로서 은둔의 삶을 살아야 한다. 이 가부장적인 폭압을

피해서 라이샌더와 허미아가 사랑의 도피를 벌이는 공간이
숲속이다. 「당신 뜻대로」에서 동생인 프레더릭에게 정권을
찬탈당하고 쫓겨난 공작 일행이 살고 있는 아든 숲이 시간의
흐름이 멈춰 있으며 영원하고 풍성한 가을이 계속되는 이상
적인 전원 세계가 아니라, 추위와 배고픔 때문에 자연 생태
계를 파괴하면서 살아남기 위해 분투해야 하는 양육강식의
적나라한 현실의 연장이듯이, 아테네 숲속 역시 영원한 녹색
세계, 이상적인 황금 세계는 아니다. 아든 숲의 전원이 자본
증식을 꾀하는 부재지주들의 목양지 확장 정책 때문에 피폐
화되고, 그 결과 농민들은 임노동자로 전락하여 도회로 몰려
들듯이, 아테네 숲 역시 사냥개 무리들을 이끌고 이곳에 나
타난 시시어스와 이지어스가 단적으로 상징하듯이 아테네
의 가부장적 권위와 제약이 여전히 스며 있는 곳이다. 그 때
문에 라이샌더와 허미아의 애정 관계는 이곳에서 한때 더욱
악화된다. 더군다나 이 아테네 숲속은 요정들의 왕 오버론과
여왕 티타니아가 서로를 피해 다니며 싸우는 곳이기도 하다.
이곳의 오버론은 아테네의 시시어스에 해당하고, 티타니아
는 히폴리타에 해당한다. 여성 전사들인 아마존 부족의 여왕
인 히폴리타가 이제는 시시어스에게 정복당해 그의 포로에
서 신부가 되어야 하는 것과 마찬가지로, 올림포스의 신들에
게 반기를 들어 전쟁을 일으켰다 패배하여 지하 세계로 추방
당한 거인족들의 일원인 티타니아가 궁극적으로는 오버론
의 가부장적 권위에 굴복하는 이 숲속은, 아테네의 축소판이
라고 할 수 있다.

〈운명fate〉이라는 단어와 같은 뿌리의 영어 단어에서 유래한 이름을 가진 〈요정fairy〉들은, 집안의 수호신들처럼 결코 친숙한 존재가 아니라 인간에게 해악을 가하는 못된 정령들로 이곳에서는 부각되고 있다. 대표적으로 오버론의 심부름꾼이자 숲속의 상황을 알려 주는 일종의 정보원인 로빈(퍽)이 〈착한 녀석Goodfellow〉이란 뜻의 반어적인 이름을 갖고 있는 데서 알 수 있듯이, 숲속의 요정들은 착한 아이를 바꿔치기 하거나, 갓난아이를 기형으로 태어나게 하거나, 풀에 매듭을 묶어 사람이 걸려 넘어지게 하거나 하는 등 치명적이지는 않다 해도 못된 장난을 치고 사람들에게 해악을 가하는 존재들이다. 이곳의 로빈, 즉 퍽은 「폭풍우」에 나오는 프로스퍼로의 정령 에어리얼의 전형으로, 사람의 눈에는 보이지 않는 공기의 요정이며 오버론의 지배권을 공고히 하기 위해 동원된 일종의 마법사이다. 숲속 역시 부권의 지배에 대한 저항이 부각되는 과정에서 궁극적으로는 가부장적 질서에 의해 그것이 봉쇄되는 것이 〈자연스럽게〉 비쳐지는 아테네식 지배 질서의 복사판인 셈이다. 이곳에서 오버론과 티타니아는 멀리 인도에서 데려온 아이를 서로 갖겠다고 싸우고 있다. 티타니아를 섬기는 여사제가 산고로 죽고 남긴 아들인 인도 소년을 티타니아는 자신에 대한 그녀의 충성과 신의의 대가로 대신 기르고 있는데, 오버론은 그를 자신의 시동으로 삼고자 강탈하려고 한다. 이 때문에 여성 간의 동맹을 고수하고 존중하는 티타니아의 독자적인 여성성과 부인을 지배하려는 오버론의 가부장적 권리가 충돌하는데, 셰익스피어는 하필 이 아이를 인도 소년으로 구체화함으로써 인도로 대표되는 동양 지배에 대한 당대 영국인들의 제국주의적 욕망을 은밀하게 극화한다. 오버론이 조제하고 사용한 사랑의 묘약이라는 마약으로 인해 잠든 티타니아가 일종의 혼수상태에서 자신의 아이를 오버론에게 아무 저항 없이 쉬이 넘겨주는 것은, 아편 전쟁으로 중국을 침탈하고 지배한 후기 영국의 전범이다. 오버론은 티타니아가 약에 취하여 사랑에 빠진 당나귀로 변신한 보텀의 모습을 그녀에게 보여 주며 그녀의 수치심과 어리석음을 심하게 조롱하는데, 이는 근대화와 계몽을 내세우며 식민 지배를 정당화하는 서구 제국주의의 판에 박힌 전략을 고스란히 선구적으로 보여 주는 모범적인 사례이다. 셰익스피어는 이곳에서 가부장적 질서가 티타니아의 봉기를 통해서 더욱 굳건하게 강화되는 과정을 고스란히 보여 줌으로써, 가부장적 질서가 얼마나 폭력적이고, 일종의 연극적인 환상을 재생산하는 것과 같이 기만적인 것인가를 여실하게 보여 준다. 가부장적 질서가 제국주의 정책과 어떻게 맞닿아 있는지를 동시에 극화함으로써, 셰익스피어는 가부장 제도와 식민 제국주의에 대한 일종의 탈신화 전략을 이 작품에서 구사하고 있다.

오버론과 티타니아가 싸우는 숲속은 불화로 인해 자연 질서가 파괴된 인공적인 공간이기도 하다. 2막 1장에서 티타니아가 자세하게 말하고 있듯이, 초자연계의 존재인 요정들의 불화는 인간의 자연계에 고스란히 반영되어, 아테네의 자연은 계절의 주기가 지켜지는 풍요한 공간이 아니라 계절이 뒤죽박죽되고 이로 인해 자연재해가 빈발하고 풍요한 결실을 기대할 수 없는 메마른, 불임의 공간으로 변했다. 〈불임〉이란 단어는 처녀성을 지킨다는 뜻도 있지만, 셰익스피어가 상상력의 결핍을 묘사할 때 자주 사용하는 단어이다. 티타니아의 다음 대사는 크게 보면 중세 이래 계속되는 존재의 대연쇄 담론의 반복이지만, 인간과 자연이 속한 자연계와 신들로 상징되는 초자연계의 분리될 수 없는 밀접한 상호 관계를 강조하는 것이다.

한여름이 시작된 이후로
언덕이나 계곡이나 숲이나 초원이나
자갈 깔린 샘이나 물풀 우거진 시냇가나
해안가 자갈밭에서 만나
속삭이는 바람 소리에 맞춰 원무를 출 때면
어김없이 당신은 싸움을 걸어와 우리의 흥을 깨버렸지요.
그래서 속절없이 우리에게 노래하던 바람은
마치 복수나 하듯이 바다에서 해로운 해무를
빨아들였다가 육지에 쏟아 놓아 하찮은 강들을
너무나 거만하게 만들었고, 그 결과
온통 제방들이 넘쳤지요.
황소는 그래서 부질없이 목덜미 힘만 썼고,
농부는 수고의 보람을 잃었고, 푸른 농작물은
청춘의 수염이 나기도 전에 썩어 버렸지요.
홍수 진 벌판에 축사는 비어 있고,

전염병으로 죽은 양 떼로 까마귀들은 살이 불어났죠.
공기놀이하던 초지는 진흙으로 뒤덮였고,
화려한 초원의 정교한 경주로는
밟는 발길이 없어 분간이 불가능하게 되었어요.
인간들은 이곳에서 겨울철을 잃었지요.
이제는 밤에 찬송가나 축가를 부르지도 않죠.
우리의 다툼 때문에 조수를 다스리는 달님도
화가 난 창백한 얼굴로 대기를 온통 습기로 가득 채워
콧물감기와 관절염이 번졌죠.
자연의 무질서로 인해 계절들이
뒤죽박죽이에요. 흰머리 서리가
붉은 장미의 싱싱한 잎에 내리고,
늙은 겨울의 엷게 얼음 언 정수리에
달콤한 여름 꽃망울들이 만들어 낸 향기로운 화관이
마치 조롱이라도 하듯이 놓였지요. 봄, 여름,
풍성한 가을, 화난 겨울이 늘 입던 옷을
바꿔 입었어요. 놀란 세상은
계절의 산물로는 이제 뭐가 뭔지 분간을 못하지요.
이 모든 악의 자식들이
우리의 싸움, 우리의 불화 때문이죠.
우리들이 그것들의 부모이자 근원이에요. (2막 1장)

티타니아가 여기서 강조하는 것은, 초자연계의 무질서, 혹
은 초자연계의 부조화가 결코 자연계와 동떨어져 독립적으

로 존재하는 것이 아니라는 사실이다. 호메로스의 서사시에서 신들의 불화와 시기 질투가 영웅들을 통한 일종의 대리전으로 묘사되고 있듯이, 생태계의 영향을 떠난 사회적 삶이란 불가능하다는 것이 티타니아의 입을 통해 전하는 셰익스피어의 생각일 것이다. 인간은 문화라는 이름으로 자연을 정복하고, 진보라는 이름으로 자연에서 멀어지려고 노력하며 자연과의 거리 두기를 강조해 왔지만, 초기 자본주의적 생산 양식이 두드러진 문화 발전의 특정한 시기에 있었던 셰익스피어의 눈에 인간 중심주의는 또 다른 맹목의 징표로 비쳐졌을 것이다.

우리가 위 인용문에서 주목하게 되는 또 다른 점은 현실에 미치는 상상력의 파급 효과이다. 요정의 다른 이름인 〈정령〉이란 단어가 말해 주듯이, 정령이란 곧 물질 세계와 다른 차원인 정신계에 깃든 존재의 다른 이름이다. 티타니아의 표현을 달리 말하면, 정신계, 즉 상상력이 풍부하고 자유롭게 기능한다면, 현실의 물질 세계 역시 마찬가지로 평화롭고 질서가 잘 잡힌 곳이 된다. 반대로 상상에 기근이 들거나 홍수가 진다면 인간의 현실 세계는 살인과 폭정이 거듭되고 괴질이 창궐하는 등의 재난이 뒤따르게 된다. 상상이란 논리적인 증명 이전의 믿음과 직결된 것인데, 보이지 않는 것들에 대한 소망과 믿음이 곧 현실이 되는 현실의 가능태, 혹은 존재의 선재 조건으로서의 믿음이 이곳에서 셰익스피어가 말하는 상상력의 양태이다. 이 상상력은 신약 성서의 히브리서 11장에서 말하는 보이지 않는 것들에 대한 소망과 상통하는 것이다. 콜럼버스의 〈발견〉을 선도하는 그런 믿음 말이다. 현실에 구체적으로 작용하는 믿음으로서의 상상력의 효능은 따라서 인식과 해석의 차원을 넘어서 실천적이고 윤리적이다. 시시어스가 퀸스 일파의 엉터리 연극을 보고 말하듯이, 중요한 것은 결과보다 의도를 먼저 읽어 내려는 노력으로 이어지는 통합적인 해석을 필요로 하는 상상력의 개입이다. 상상력의 개입을 통해서 우리는 선의를 해석하고 동시에 그 선의를 상대방에게 돌려줄 수 있는 공감 능력을 확보하게 된다.

어두운 숲속에서 가시덤불에 찢겨 가슴팍이 드러난 허미아가 라이샌더를 멀리 떨어뜨려 놓고 잠든 사이에 꾸는 악몽이 한여름 밤의 첫 번째 꿈이다. 함께 잠들기를 고집하는 라이샌더를 떨어뜨려 놓고(여기서 라이샌더의 이름이 나왔다. 〈lie asunder〉) 허미아는 뱀이 자신의 가슴을 헤집고 있는 악몽을 꾼다. 남근의 상징인 뱀이 자신의 몸에 붙어 있는 그녀의 꿈은 현실에서는 용납할 수 없기에 조금 전까지 스스로 부정했던 성적 결합에 대한 무의식의 반영이다. 퍽의 실수로 사랑의 묘약을 눈에 바른 라이샌더가 잠에서 깨어나 헬레나를 보고 사랑을 고백하며 그녀를 따라 가버리자, 나중에 악몽에서 깨어난 허미아가 자신을 버리고 떠난 라이샌더가 디미트리어스에 의해 살해되었다고 생각하며 그를 뱀보다 더 갈라진 거짓 혀를 지닌 독사 같은 인간이라고 맹비난하는 데서 알 수 있듯이, 허미아의 악몽에 나타난 뱀은 남근의 상징과 더불어 사랑의 충성에 대한 불안감을 반영한 것이기도 하다. 허미아의 꿈은 컴컴한 밤에 무서움에 질린 나머지 무서운 것을 생각하게 되면 덤불이 무서운 곰으로 보이는 것과 같은 상상의 작용을 보여 주는 경우이다. 꿈이 현실의 그림 자라면 이 그림자 꿈은 가공의 것, 있음직한 것, 눈앞에 보이 지는 않지만 어딘가에 있다고 믿고 소망하는 것들의 재현으 로 이어진다.

허미아의 악몽과는 다른, 이 작품에서 극화된 다른 꿈은 보텀의 설명할 수 없는 꿈, 곧 환시이다. 오버론이 고집 센 티 타니아에게 일종의 복수를 가하기 위해 그녀를 보텀과 사랑 에 빠지게 한 사랑의 묘약 덕분에 보텀은 요정들의 시중을 받으며 그녀와 함께 잠에 빠진다. 이때 그가 꾼 꿈은 허미아 의 악몽과는 다른 현실에서는 맛볼 수 없고, 따라서 인간의 언어로는 설명이 불가능한 황홀한 탈존의 경험이다. 그의 말 을 직접 들어 보자.

나는 정말 희한한 꿈을 꾸었지. 인간의 지식으로는 무 슨 꿈인지 말할 수 없는 꿈을 꾸었지. 이 꿈을 설명하려고 하는 인간은 당나귀 같은 얼간이일 뿐이야. 내 생각에 나 는─아니지, 그걸 꼭 찍어 말할 수 있는 사람은 없지. 내가 뭐였더라, 뭔가를 가졌던 것 같은데─그러나 내가 가졌던 뭔가를 설명하려고 하는 자는 고깔 옷을 입은 광대 놈에 불과하지. 내 꿈이 무엇이었는지 인간의 눈은 듣지 못했고, 인간의 귀는 보지 못했으며, 인간의 손은 맛볼 수 없으며, 인간의 혀는 생각할 수 없고, 인간의 심장은 전할 수도 없 지. 피터 퀸스에게 이 꿈 얘기를 써달라고 해야지. 깊이를 알 수 없는 이야기이니 〈보텀의 꿈〉이라고 이름을 붙여 연극이 끝날 무렵에 공작 앞에서 노래로 불러야지. (4막 1장)

〈바닥〉 혹은 실을 감는 〈실패〉를 뜻하는 이름을 지닌 〈보텀Bottom〉은 상상과는 거리가 먼 현실 원리를 의미하는 인물이다. 촌뜨기 장인들인 보텀 일파가 공작 일행 앞에서 상연하는 「피라모스와 티스베의 더없이 슬픈 희극」이란 극이 주는 재미는 무엇보다 이들이 연극이란 허구와 현실을 혼동하는 데 있다. 보텀, 플루트, 스타블링, 스나우트 등의 장인들은 자신들이 각각의 직업을 가진 장인들인 만큼 자신들을 연극의 인물과 혼동하지 말아 달라고 관객들에게 부탁하며, 연극이 주는 환상의 창조라는 또 다른 가능 세계를 전적으로 부정한다. 이들의 연극을 〈듣는〉 디미트리어스, 라이샌더, 시시어스, 히폴리타 등의 관객들은 이들의 극중 역할을 현실에 비춰 계속해서 비판과 조롱조로 논평을 가함으로써 극중 현실에 빠져드는 것을 거부한다. 셰익스피어는 극중극을 통해서 환상을 창조하는 것이 아니라 오히려 극적 환상을 파괴하는 반아리스토텔레스식의 연극을 일찌감치 선보인다.

그러나 현실에 뿌리박고 있는 보텀이 〈심연 모를 꿈, 실체 없는 꿈〉이란 세계에 빠져드는 것은 연극을 통해서이다. 현실과 동떨어진 어리석은 당나귀로 변신해서야, 즉 연극의 가면을 쓰고서야 그는 현실의 인간 경험과 너무도 동떨어져서 인간의 언어로는 설명이 불가능한 황홀한 탈존을 경험한다. 그림자 세계로의 이 상상의 여행, 즉 그림자들의 여왕인 티타니아와의 동침을 통해서 그는 황홀경에 도취하게 되는데, 역설적이게도 그의 이러한 환시는 인간의 지혜로 판단해서는 한없는 어리석음으로 떨어진 다음에야 가능한 것이다. 에라스무스가 그의 『우신 예찬』에서 말하듯, 세상 지혜가 우행이 되고, 우행이 지혜가 되는 역설의 진리를 보텀은 그의 꿈을 통해 주장한다. 보텀은 자신의 꿈을 논리적인 언어로 설명하려고 시도하는 사람들은 한결같이 〈당나귀〉에 불과하다는 아이러니를 통해서 상상력의 가치를 극대화한다. 현실을 창조하는 믿음으로서의 예술적 상상력, 현실에 대한 가치 판단을 달리할 수 있게 만들어 주는 윤리적인 실천으로서의 상상력을 셰익스피어는 얼간이 보텀의 당나귀 입을 통해서 말하고 있다. 밤이 그림자의 세계라면, 이 그림자가 가져오는 잠과 꿈은 우리로 하여금 현실의 질곡을 인내하고 이겨 내는 일이 가능하도록 해주는 환상 이상의 위안이다. 보텀이 꾼 꿈의 내용은 구체적으로 얘기되지 않고 빈 괄호 속에 남아 있는데, 이 괄호를 채우는 것은 관객과 독자의 상상력의 몫이다. 어쩌면 「한여름 밤의 꿈」이라는 작품의 내용 자체가 그것이 될 수도 있을 것이다. 상상은 특정한 시각으로 세상을 바라보는 것이며, 그 특정한 시각은 해석을 요하기 때문이다.

이 작품에서 마지막으로 꿈을 얘기하는 인물은 에필로그에 나오는 요정 로빈(퍽)이다. 그는 퀸스 일파의 연극에 대한 선의의 해석을 요구하는 시시어스와 마찬가지로, 관객들에게 혹시 연극이 그들의 기분을 언짢게 했다면 즐거움을 주려고 한 자신들의 선한 의도를 긍정적으로 해석해 달라고 부탁한다. 그러면서 만약 이 연극이 마음에 들지 않았다면 연극이 공연되는 동안 자신들이 꿈을 꾸었던 것이라고 생각해 달라고 관객들에게 간청한다. 여기서 로빈은 연극을 일종의 꿈, 즉 실체 없는 그림자와 동일시하고, 자신들을 이 그림자를 재현하는 배우들이라고 말한다. 로빈의 말에는 연극이라는 상상의 실재를 현실의 자로 재어 장단점을 따지고 들며, 〈정신〉 혹은 〈정령〉의 세계가 아니라 문자의 세계에 집착하는 관객들에 대한 비판이 스며 있다. 이런 관객들은 앞서 보텀이 말한 뭐든 성급하게 〈설명하려고〉 하는 〈당나귀〉 같은 관객들과 상통하기 때문이다.

셰익스피어는 「한여름 밤의 꿈」에서 악몽과 환시를 포함한 다양한 꿈을 통해 우리의 현실 영역을 정령들의 세계를 포함하는 넓은 세계로 확장하고 있다. 이 상상의 현실을 물리적인 현실 속으로 끌어들여 융합시킬 때 삶은 더욱 풍부해지고, 인간은 비록 발은 땅을 딛고 있고 맨땅에 등을 대고 잠들면서도 반짝이는 불붙은 눈들이 흩어져 있는 밤하늘로 날아오를 수 있는 비상이 가능하다. 시시어스가 새벽녘에 끌고 온 스파르타산 사냥개 무리가 계곡에 흩어져 서로 다른 목소리로 짖어 댈 때 산정에 자리한 사람의 귀에는 한결같은 화음으로 서로 어우러져 들리듯이, 셰익스피어는 이 작품에서 꿈과 현실, 자연과 초자연, 인간과 요정들의 다양한 세계를 한데 모아 부조화로부터의 조화를 이끌어 낸다.

번역의 대본으로는 피터 홀랜드Peter Holland가 편집한 옥스퍼드 셰익스피어 판본을 많이 참고했다. 그러나 텍스트

자체는 게일 패스터Gail Paster와 스킬리스 하워드Skiles Howard가 공동으로 편집하고 주석을 붙인 베드퍼드 판본을 사용했다. 아울러 매들린 도런Madeleine Doran이 편찬한 펠리컨 셰익스피어를 지속적으로 참조했음을 원문 확인을 원하는 독자들의 편의를 위해 밝힌다. 번역은 역량이 허용하는 한도 내에서 무대 공연이 가능한 대사들을 생각하면서 진행했다. 따라서 일부 표현은 원문의 취지를 살려 우리말 관행을 따라 옮긴 부분도 눈에 띌 것이다.

2019년 7월
박우수

윌리엄 셰익스피어 연보

1558년 엘리자베스 1세 등극.

1564년 출생 영국 스트랫퍼드어폰에이번에서 부유한 상인인 존 셰익스피어John Shakespeare와 메리 아든Mary Arden의 셋째 아이이자 장남으로 태어남. 4월 26일 세례를 받음. 동료 작가 크리스토퍼 말로도 이해에 태어남.

1573년 9세 후에 사우샘프턴 백작Earl of Southampton이 되어 셰익스피어를 후원하는 헨리 리즐리Henry Wriothesley 태어남.

1576년 12세 영국 최초의 공공 극장인 〈시어터 극장The Theatre〉이 건립됨.

1582년 18세 여덟 살 연상인 앤 해서웨이Anne Hathaway와 결혼.

1583년 19세 장녀 수잔나Susanna 태어남. 5월 26일 세례를 받음.

1585년 21세 쌍둥이 아들 햄닛Hamnet과 딸 주디스Judith 태어남.

1587년 23세 영국으로 망명와 있던 스코틀랜드의 메리 여왕이 반란 혐의로 처형됨.

1588년 24세 프랜시스 드레이크 경Sir Francis Drake이 스페인의 무적함대인 아르마다를 무찌름.

1589년 25세 「헨리 6세Henry VI」 제1부 집필.

1590~1591년 26~27세 「헨리 6세」 제2부와 제3부 집필.

1592년 28세 극작가 로버트 그린Robert Greene이 〈많은 후회로 얻은 서푼짜리 기지A Groatsworth of Wit bought with a Million of Repentance〉라는 제목의 팸플릿에서 셰익스피어의 유명세를 비난함. 런던에 흑사병이 창궐하여 7월부터 1594년 6월까지 극장 폐쇄. 극단들은 지방 순회공연을 다님. 「리처드 3세Richard III」, 시집 『비너스와 아도니스*Venus and Adonis*』, 「실수 희극The Comedy of Errors」 집필.

1593년 29세 후원자인 사우샘프턴 백작에게 헌정한 『비너스와 아도니스』 출간. 「타이터스 앤드로니커스Titus Andronicus」, 「말괄량이 길들이기The Taming of the Shrew」 집필.

1594년 30세 시집 『루크리스의 겁탈*The Rape of Lucrece*』 출간, 역시 사우샘프턴 백작에게 헌정함. 「베로나의 두 신사Two Gentlemen of Verona」, 「사랑의 헛수고Lover's Labour's Lost」, 「존 왕King John」 집필. 여왕의 전의(典醫)인 로페즈Rodrigo López가 여왕 독살 혐의로 처형됨. 〈궁내 장관 극단The Chamberlain's Men〉이 창설됨.

1595년 31세 「리처드 2세Richard II」, 「로미오와 줄리엣Romeo and Juliet」, 「한여름 밤의 꿈A Midsummer Night's Dream」 집필.

1596년 32세 아버지 존 셰익스피어가 문장(紋章) 사용을 허가받아 〈신사〉로 서명할 수 있게 됨. 아들 햄닛이 사망함. 「베니스의 상인The Merchant of Venice」과 「헨리 4세Henry IV」 제1부 집필.

1597년 33세 스트랫퍼드의 대저택 뉴플레이스를 매입함. 「윈저의 즐거운 아낙네들Merry Wives of Windsor」 집필.

1598년 34세 「헨리 4세」 제2부, 「헛소동Much Ado About Nothing」 집필.

1599년 35세 「헨리 5세Henry V」, 「줄리어스 시저Julius Caesar」, 「좋

으실 대로As You Like It」집필. 에섹스 백작The Earl of Essex이 아일랜드 평정에 실패한 후 여왕의 명에 반하여 귀국했다가 연금됨. 풍자물 출판 금지령이 선포됨. 〈글로브 극장The Globe〉 설립.

1600년 36세 「햄릿Hamlet」집필.

1601년 37세 1600년에 석방된 에섹스 백작이 쿠데타를 일으키기 전날 밤 「리처드 2세」의 공연을 요청함. 쿠데타 후 에섹스 백작은 반란죄로 처형되고, 셰익스피어의 후원자인 사우샘프턴 백작도 이 반란에 연루되어 수감됨. 「십이야Twelfth Night」, 「트로일로스와 크레시다Troilus and Cressida」집필.

1602년 38세 「끝이 좋으면 다 좋아All's Well That Ends Well」집필.

1603년 39세 엘리자베스 1세 사망. 스코틀랜드의 제임스 6세가 제임스 1세로 등극하여 스튜어트 왕조 시작. 〈궁내 장관 극단〉의 명칭이 〈왕의 극단King's Men〉으로 바뀜.

1604년 40세 「자에는 자로Measure for Measure」, 「오셀로Othello」집필.

1605년 41세 「리어 왕King Lear」집필. 11월 5일 제임스 1세의 가톨릭 박해 정책에 항거하여 영국에서 가톨릭교도들이 의사당 지하실에 화약을 묻어 놓고 제임스 1세의 가족과 대신, 의원들을 죽이려 한 이른바 〈화약 음모 사건Gunpowder Plot〉이 발생함.

1606년 42세 화약 음모 사건의 주동자인 포크스Guido Fawkes와 예수회 신부 가네트Henry Garnet가 처형됨. 「맥베스Macbeth」, 「안토니와 클레오파트라Antony and Cleopatra」집필.

1607년 43세 「코리오레이너스Coriolanus」, 「아테네의 타이먼Timon of Athens」, 「페리클레스Pericles」집필.

1609년 45세 「심벌린Cymbelin」집필. 『소네트집Sonnets』출간.

1610년 46세 「겨울 이야기Winter's Tale」집필.

1611년 47세 「폭풍우Tempest」 집필.

1612년 48세 존 플레처John Fletcher와 함께 「헨리 8세Henry VIII」 집필.

1613년 49세 존 플레처와 「고결한 두 친척The Two Noble Kinsmen」 집필. 「헨리 8세」 공연 중 화재로 글로브 극장이 소실됨.

1614년 50세 글로브 극장 재개관.

1616년 52세 딸 주디스 결혼. 4월 23일 윌리엄 셰익스피어 사망.

1623년 아내 앤 해서웨이 사망. 존 헤밍John Heminges과 헨리 콘델 Henry Condell에 의해 36개의 극이 수록된 최초의 극전집 『제1이절판 *The First Folio*』 출간.

열린책들 세계문학 242 **한여름 밤의 꿈**

옮긴이 박우수 한국외국어대학교 영어과를 졸업하고 서울대학교 대학원 영어영문
학과에서 문학 박사 학위를 받았다. 충북대학교 영어영문학과 교수를 지내고 현재
한국외국어대학교 영어과 교수로 재직 중이다. 지은 책으로 『셰익스피어와 바다』,
『셰익스피어와 인간의 확장』, 『종교개혁과 르네상스 영문학』, 『수사학과 말의 힘』,
『수사적 인간』 등이 있고, 옮긴 책으로 『포스터스 박사의 비극』, 『수사학의 철학』,
『인문과학의 수사학』(공역), 『햄릿』, 『리어 왕』, 『베니스의 상인』, 『소네트집』, 『안티
고네』, 『로미오와 줄리엣』, 『줄리어스 시저』 등이 있다.

지은이 윌리엄 셰익스피어 **옮긴이** 박우수 **발행인** 홍예빈·홍유진
발행처 주식회사 열린책들 **주소** 경기도 파주시 문발로 253 파주출판도시
전화 031-955-4000 **팩스** 031-955-4004 **홈페이지** www.openbooks.co.kr
Copyright (C) 주식회사 열린책들, 2019, *Printed in Korea.*
ISBN 978-89-329-1242-4 04840 **ISBN** 978-89-329-1499-2 (세트)
발행일 2019년 8월 30일 세계문학판 1쇄 2022년 3월 30일 세계문학판 3쇄

이 도서의 국립중앙도서관 출판예정도서목록(CIP)은 서지정보유통지원시스템 홈페이지(http://seoji.nl.go.kr)와
국가자료공동목록시스템(http://www.nl.go.kr/kolisnet)에서 이용하실 수 있습니다.(CIP제어번호: CIP2019031905)

열린책들 세계문학
Open Books World Literature

각 권 8,800~15,800원